神話学入門

松村一男

講談社学術文庫

原本まえがき

神話とは何か

神話をめぐってどのような意見が交わされてきたかを紹介しながら、それぞれの学説のもつ意味と時代的背景を考えていきたい。その場合、学説史の具体的な検討に入る前に、神話という言葉の内容について一応の定義をしておく必要があるだろう。しかし、これはある意味では逆説的であるし、矛盾している。神話がどのようなものと考えられてきたのかを検討する前に、神話とはこういうものであると定義してしまうなら、あとの議論は不要になりかねない。とはいえ、神話という言葉で何が意味されているかの了解なしに話を始めても空論になってしまう。

実際、以下の各章で示すように、「神話」の定義は研究者によって千差万別であり、唯一絶対で決定的なものはない。こうした事態を考慮して、現代の神話研究について根本的な再検討の必要性があると主張しているアメリカの宗教学者アイヴァン・ストレンスキーは、そもそも「神話」というカテゴリー自体が実体のない幻想であるという過激な意見を述べている。

神話はすべてであると同時に何物でもない。それは真実の物語または虚構、神聖あるいは俗的、現実あるいは作り事、象徴あるいは道具、元型あるいは紋切り型である。堅固に構造化された論理的なものか、あるいは情動的で前論理的なものである。そして伝統的で原始的かあるいは現代のイデオロギーの一部である。（中略）こうした混乱は、神話という「実体」がないことをはっきりと示している。「神話」という言葉はある。しかしこの言葉は数多くの互いに矛盾する研究「対象」を指示するだけであり、神話という名前が書かれた「実体」が存在するわけではない。「神話」とはわれわれが現実の一部を「切り取った」ものであり、それ自体で「独立して存在する」のではない。（中略）神話という実体があるのではなく、「神話」と呼ばれるものを作り上げて商品化して繁盛している「産業」があるだけなのである。（Ivan Strenski, *Four Theories of Myth in Twentieth-Century History*, University of Iowa Press, 1987, p. 1）

つまりストレンスキーによれば、神話研究とはかつて医学が作り上げた「ヒステリー」というカテゴリーや民族学が作り上げた「トーテミズム」というカテゴリーと同様に虚構の産物に過ぎない。かれはトーテミズム幻想を指摘した人類学者レヴィ＝ストロースの有名な文章も引用している。

トーテミスムは、ヒステリーの場合に似ている。いくつかの現象を勝手に取り上げ、それだけを集めてこれをある病気あるいは一つの客観的な制度と診断を下すことのできる徴候と見なしてよいものであろうかという疑いをひとたび心に抱いたとき、これら徴候自体が消え去ってしまい、ないしは統一を求めようとするもろもろの解釈に逆らうこととなった。（『今日のトーテミスム』「序論」）

たしかに、神話（myth）という言葉は矛盾する意味で用いられている。しかし、矛盾しているからカテゴリー自体が虚構ではないかと疑うストレンスキーの態度は性急すぎると思われる。むしろ、なぜ矛盾した内容をもつのか、矛盾は何を意味するのかを考える必要がある。神話は一方ではギリシア神話、日本神話という場合のように、神々や英雄が主人公となる別世界についての神聖な物語という意味をもつ。しかし他方、法螺話、夢想、嘘の話という意味ももっている。もっとも、現代人は普通ギリシア神話や日本神話が実際の出来事とは考えていない。そういう意味では、現在では作り話というニュアンスの方が強いかもしれない。

しかし、元来、神話が必要とされたのは、神聖な状態を思い描きたいという気持ちがあったからであろう。それが作り話であるということは――たとえ作り話であるという意識があったにしても――神聖な物語を必要とする気持ちに比べれば、取るに足りないものだったのではなかろうか。その後、さまざまな理由から神聖な物語としての側面よりも、作り話としての側面をより強調する態度が生じたとき、神話という言葉は虚偽、虚構の代名詞として用いられるにいたったのであろう。要するに、神話には神聖さと虚偽性の二つが本来的に含まれていると考えられる。そしてそれら二つは背中合わせの関係にあり、どちらの側を見たいと思うかによって、二つの異なる相貌が立ち現れてくるのである。

ストレンスキーは先程見たように、レヴィ゠ストロースのトーテミズム幻想の指摘に倣って神話というカテゴリーの幻想性を主張している。しかし、当のレヴィ゠ストロースはどうだろうか。かれはヒステリーやトーテミズムのように、神話も幻想であるとは考えていない。むしろレヴィ゠ストロースの考えはストレンスキーとは正反対である。

神話の研究はわれわれを矛盾した認識に導くのだということをみとめようではないか。神話の中では一切が起りうる。見たところ、そこでは諸事件の継起はいかなる論理あるいは連続性の規則にも従わない。すべての主語は、どんな述語でももつことができる。考えうるあらゆる関係が可能である。(『構造人類学』「神話の構造」)

つまりレヴィ゠ストロースは、矛盾しているから存在しないとはせず、矛盾しているものを「神話」だとして、なぜ矛盾しているのか考えていこうとしているのだ。これもまた神話の定義の一つに過ぎないが、それでも破壊的なだけのストレンスキーの神話観よりははるかに生産的だし興味深い。

ただ、このレヴィ゠ストロースの神話の定義は独特であり、これだけをもって何を神話とするかしないかを決定するのは、あまりに主観が入りすぎて困難である。そこで今度はエリアーデの定義を見てみよう。レヴィ＝ストロースとはだいぶ異なっているのに気づくだろう。

あらゆる学者を納得させると同時に、門外漢にも理解されるような神話の定義はみいだし難いであろう。（中略）私見を述べるならば、もっとも包括的であるがゆえにもっとも難が少ない定義は次のようである。神話は神聖な歴史を物語る、それは原初の時、「始め」の神話的時に起ったできごとを物語るものである。いいかえれば、神話は超自然者の行為を通じて、宇宙という全実在であれ、一つの島、植物、特定な人間行動、制度のような部分的実在であれ、その実在がいかにしてもたらされたかを語る。そこで、神話は常に「創造」の説明であって、あるものがいかに作られたか、存在し始めたかを語る。神話は現に起り、完全に顕わされたことのみを述べるのである。神話の主役は超自然者で、かれらは元来、「初め」の超絶的時における行為によって知られている。こうして神話はかれらの創造活動を顕わし、その功績の神聖性（もしくは単なる「超自然性」）を啓示する。要するに、神話は聖（もしくは「超自然」）の、多様で時には劇的な世界への顕現を叙述する。（『神話と現実』第一章「神話の構造」の〈神話定義への試み〉）

こちらの定義の背景にあるのは、神話は本質的にはすべて起源神話（創造神話、創世神話ともいう）であるというエリアーデの信念である。それを前提にこの定義を読めば、それはそれとして一貫性がある。問題なのは神話研究者のすべてがエリアーデと同じ立場には立っていないことである。以下で見るように、キャンベルが重視しているのは英雄神話であって起源神話ではない。だからある一面において、ストレンスキーの発言は正しいともいえる。神話の研究者たちはみな自分好みの神話のイメージと定義をもって研究をしていて、神話という実体が仮にあるとしても、それぞれその一部を拡大、強調していて、それらが百花繚乱のごとく競い合っているのだ。

仮説的定義

そうした困難な状況の中で、ともかく学説史の検討に入るためにも、不完全なものと承知のうえで私なりの神話の定義を四つの要素で試みてみよう。

⑴神話は物語である――これについてはどの研究者にも異論はないだろう。しかし、他の物語とどのような点で違うと考えるか、という問題は残る。

⑵集団や社会によって「真実」を語っているものとして容認されている――個人しか真実と認めていないものは神話とは呼べない。それは夢とか理想とか幻想とか呼ばれるべきである。もちろん、「真実」とは何かと問われると、答えはむずかしい。「事実」であるかどうかを問わない、あるいは問えないが、生きるうえで価値や意味があると感じられる内容とでもいうしかない。普通はその集団や社会の存続に必要不可欠と感じられている秩序がこれに当

たる。

したがって、ある集団が真実性を認めるかぎりにおいて、ある物語は神話と呼ばれ、真実性がなんらかの理由で認められなくなると、神話ではなくなる。だから現代の私たちが別の時代や地域の神話を読んで、そこに真実性を感じない場合があっても、仕方ないということになる。その場合にはなぜその物語が神話と見なされていたかを考え、神話として神聖視していた集団や社会のあり方を考察することになるだろう。

(3)作者は重要ではない――実際、古代や無文字社会の神話では作者は不明である。作者が誰なのかは、神話が集団や社会に記憶し伝えるものとして受容された段階で重要ではなくなる。それは神話が「真実」を語っているとされるからである。「真実」に作者は必要ないはずだ。

この基準によって、物語のうち作者のオリジナリティーが問題となるジャンルは神話とは区別できる。つまり「文学」とされる詩、小説である。残るのは、普通作者が不明な神話、伝説、昔話、笑い話、噂話などだが、伝説は真実よりは事実とされるし、昔話は娯楽と教訓が本質である。笑い話と噂話はもっぱら娯楽であろう。こうして作者が重要でない物語の中でも、「真実」性によって神話は他のジャンルと区別される。

(4)年代が不明――作者が問題でないということは、いつ成立したか分かりにくいということである。また、(2)で述べたように「真実」とされるのだから、特定の時期に成立したという見方はむしろ排除される。このように時間性が曖昧な場合、それはできるだけ遠い過去に成立したと見なされるのが一般的な傾向であろう。真実は太古から不変であるべきものなのだから。

このように考えると、神話とは「個人ではなく、集団や社会が神聖視する物語であり、作者は問題とならず、成立した年代は不明で――その結果――太古に成立したとされる」とまとめることができる。そして、この定義の後半部分で述べた無名性、無時間性＝非歴史性をどのように解釈するかによって、神話学における解釈の多様性が生じると思われるのである。

目次

神話学入門

神話学入門

第一章　神話学説史の試み

神話研究とパラダイム

神話という観念がいつ誕生し、それについてどのような意見が述べられてきたのかを、かつて『神話学とは何か』という小著において「神話研究の歩み」という章を設けて論じたことがある。

本書ではそこで取り上げたうちの一部、すなわち十九世紀以降現在にいたるまでの期間に限定して、各種の神話理論が現れてくる過程に焦点を絞り、より細かく考えてみたいと思っている。この十九世紀とは、マックス・ミュラーによって明確な意識に基づいて神話の科学的研究が開始された時点を指す。つまり「神話をめぐる考察」ではなく近代人文科学の一つの狭義の「神話学」としてどのような見方や考え方が提示されてきたのか、そして研究者によって異なる神話観が示されてきたことにはどのような意味があるのかを考えてみたいのである。

ここではパラダイムという観点から近代神話学説史を構想してみる。パラダイムとはアメリカの科学史家トーマス・クーン（一九二二—九六）の用語で、理論的枠組とか範例と訳されることもあるが、本書では「ある時代に特徴的な科学的認識方法のシステム」、もう少しくだいていえば、「ある時代に支配的な物の見方」という意味で用いる。

パラダイムは科学、文学、思想など通常は別個の独立した領域と考えられている社会の多くの面の背後で、共通に作用して指導原理となる。世界像とか世界観という用語とも重なり合う部分がある。

これまでの神話についての学説は、十九世紀型と二十世紀型の二種類に大別できそうである。もちろん一九〇一年を境としてスッパリ切り替わるというのではない。十九世紀型はその余韻を二十世紀の前半、一九二〇年代くらいまでは残している。そして突然に新しいタイプの神話学説が登場してくる。それ以前の神話学説とは明らかに異なったものだ。この違いは何に由来するのかを、十九世紀と二十世紀それぞれの指導的な認識方法であるパラダイムの違いから説明してみたい。

十九世紀型神話学に共通するパラダイムとは、進化論あるいは歴史主義であり、二十世紀型神話学のパラダイムは構造主義あるいは反歴史主義である。かつて天動説から地動説へとパラダイムのシフト（転換）が起こったように、二十世紀のある時点から神話学においてもパラダイム・シフトが起こったと考えられる。

以下に述べるように、神話学者には言語学をモデルとしてきた例が少なくない。そして歴史から構造へというパラダイム・シフトは言語学においてもっとも鮮明である。十九世紀に隆盛した歴史言語学、比較文法はボップ、ブルークマン、メイエらによって集大成された。しかし二十世紀になると、ソシュール、ヤーコブソン、トゥルベツコイらの構造言語学へと力点の変動が見られる。

対象とする研究者

まず、対象とする神話学の研究者を選択しなければならない。ただし、それぞれの研究者の神話観をある程度くわしく検討して時代背景や相互の関係（相違点、共通点、影響の有無）を明らかにするためには、あまり人数は増やしたくない。十九世紀から二十世紀へのパラダイム・シフトを鮮明にすることが目的なので、あまりに錯綜した関係は望ましくないのだ。また、神話研究が多くの異なる学問分野から研究されている点も問題となる。神話学という確立した領域があるわけではないので、言語学、西洋古典学、心理学、人類学、宗教学など、関連する学問領域について説明することも必要になるから、人数が増えればそれだけ本来の神話学説以外の部分の説明も増大してしまう。

そこで、学説史上どうしてもはずせないこと、ある程度名前が知られていること、そしてはなはだ個人的だが私が興味をもっていること、という三つの基準で選ぶことにした。もちろん、こちらの勉強不足もあって多数の研究者を検討する余裕がないのも事実である。だから、当然選ばれておかしくないのに選ばれていない研究者もいる。ともかく上記の基準で選んだのは、マックス・ミュラー、フレイザー、デュメジル、レヴィ＝ストロース、エリアーデ、キャンベルという六人である。

ちなみに、神話学説史を検討する他の研究者はどのような人物を選んでいるだろうか。

「まえがき」でも名前を出したストレンスキーは、二十世紀の研究者に限定しているが、哲学者のエルンスト・カッシーラー（一八七四―一九四五）、エリアーデ、レヴィ＝ストロース、そして人類学者ブロニスラフ・マリノフスキー（一八八四―一九四二）の四人を選んでいる。また、エリアーデは、「十九・二十世紀における神話」という論文で、マックス・ミュラー、E・B・タイラー、アンドリュー・ラング、ヴィルヘルム・シュミット、汎バビロニア学派、ロバートソン・スミス、ジェーン・ハリソン、デュルケーム、パターン主義、フロイト、ユング、ケレーニイ、バハオーフェン、フロベニウス、イェンゼン、ヴァルター・オットー、マリノフスキー、ファン・デル・レーウ、ペッタツォーニ、自分自身（つまりエリアーデ）、デュメジル、ヴィクター・ターナー、ヴィルヘルム・ヴント、カッシーラー、スーザン・ランガー、ジョルジュ・ギュスドルフ、ポール・リクール、ジルベール・デュラン、ウラジミール・プロップ、レヴィ＝ストロースと、じつに二十八人と二つの学派・主義を紹介している。

ストレンスキーと同じ人選をしても仕方がないだろう。もっともエリアーデとレヴィ＝ストロースをはずして神話学説史は成立しないと思うので、かれらは選んだ。残りの二人については業績の評価ではストレンスキーと意見の相違があるので、私にはより重要と思われた研究者を含めるため、選ばなかった。エリアーデの論文の方はたしかに離れ業で、かれにしかできない鳥瞰図であることは認めるが、これだけの人数を詰め込めば、どうしても一人当たりのスペースが限られ、分析よりも特徴の列挙に終始して、断片的にならざるをえない。

それに専門家には馴染みの名前ではあるが、それぞれを詳しく紹介してそこに一定の流れを見いだすことは、私の能力をはるかに超えている。

ともあれ、本書で取り上げる六人について、私が考えている相互の位置関係を説明しておこう。

十九世紀型神話学の代表者として取り上げるのは、マックス・ミュラーとフレイザーである。二十世紀型の代表はレヴィ＝ストロース、エリアーデ、キャンベルである。そして私見によれば、この両者の中間にあって、分水嶺となり移行形態を示しているのがデュメジルである。初期のデュメジルには十九世紀型神話学の色彩が色濃く、中期・後期になると二十世紀型神話学の先駆的形態を示すようになるからである。

以下では、本書の全体の流れと各人の神話論の特徴をあらかじめある程度知っておいてほしいという気持ちから、要約めいたものを示しておく。そして第三章から個別研究者の検討に入っていく。

十九世紀型神話学のパラダイム

十九世紀型神話学は進化論的・歴史主義的なパラダイムの枠内で構想された。マックス・ミュラーもフレイザーも進化論図式を受容している。神話は人間がまだ現在のような科学を知る以前の進化の段階の産物であり、過去の産物、古代の産物とされる。つまり神話は人類に普遍的だが、それは人類進化のある特定の段階にのみ認められる。いわゆる「未開」人が現在でも神話を信じているのは、かれらが進化において遅れた段階にあるためということになる。こうした立場からは、神話は人類の過去の精神状態を知るための資料とされる。

マックス・ミュラー

マックス・ミュラーは当時最新の学問であった比較言語学の手法を神話研究に応用した。比較言語学は歴史主義に立ち、歴史言語学とも称される。比較によって言語の最古の形態を再建することを目指すのである。その対象とされたのがインドからヨーロッパまでの一大言語群であるインド＝ヨーロッパ語族である。かれは比較言語学の手法を用いて、神々の名前の比較から、最古の神話を再建しようとした。その際の基礎となったのが、その当時人類最古の神話形態を有すると見なされていたインドのヴェーダ神話であった。ヴェーダ神話には天体運動や気象現象を思わせる表現が多い。そこでミュラーは、自然の壮大さこそが神話を生む契機となったと考え、「自然神話」的解釈を提唱した。しかし、神話の起源を自然現象のみに求めようとした単純さ、そしてそれに必然的に伴う解釈の恣意性によって、ミュラー流の自然神話学はかれの死とともに衰退する。

フレイザー

フレイザーは人間の進化の過程を呪術・宗教・科学の三段階と考えたが、その場合の「宗教」とはキリスト教とほぼ同義語である。神話は呪術段階の産物とされた。フレイザーは

『金枝篇』において、古代イタリアのネミの森の祭司「ネミの森の王」の風習に注目し、それを感染呪術の理論を用いて説明した。

フレイザーの考えでは、呪術段階の世界観では力（マナ）は感染する。つまり王が活力に溢れているならば、その力は自然にも及び、自然は活性化され、その結果豊穣がもたらされる。逆に王の力の衰退は自然の衰退につながる。そこで新しい活力に満ちた人物が前王を殺害して新しい王になるという「王殺し」の風習が行われたというのである。

フレイザーはこうした過程が進化の一段階として普遍的に存在したと証明しようとした。そのための資料としてかれは神話に着目し、ドゥムジ、タンムズ、アッティス、アドニス、バルドルら「死んで甦る神々」の神話とは、古い王の死と新しい王の誕生を語るものだとした。

つまりフレイザーの立場は次の二点においてミュラーと異なる。⑴神話は天上の自然現象に由来するのではなく、地上の文化現象に起源を有する。⑵神話は呪術的儀式の説明として生まれた。

前期デュメジル

すでに述べたように、私の考えでは十九世紀型神話学と二十世紀型神話学の分水嶺に位置するのがデュメジルである。かれの研究は前期、中期、後期の三段階に分けられるだろうが、そのうちの前期はミュラーやフレイザーと重複する十九世紀型の傾向を示す。そして中期は二十世紀型の先駆的形態を示す。後期は中期の見解の洗練、最終形態の提示の時期である。

前期のデュメジルは基本的には十九世紀型神話学を継承しているが、ミュラーやフレイザーと異なり、人類に普遍的な進化論図式への信奉は見られない。十九世紀型神話学の色調は薄まっている。その理由は、かれが比較神話学のモデルとした比較言語学自体、二十世紀になるとミュラーの時代とは異なった考え方をもつようになった点に求められるだろう。インド＝ヨーロッパ語族比較言語学におけるデュメジルの師は、アントワーヌ・メイエ（一八六六―一九三六）である。メイエは二十世紀型の構造言語学の開拓者であったソシュールの弟子であり、また、フランス社会学の創設者デュルケームとも交遊があり、デュルケームが創刊したフランス社会学派の機関誌『社会学年報』*L'Année sociologique* にも寄稿している。デュルケームが宗教は社会を反映するという立場であったのと同様に、メイエは言語も社会関係を反映すると見ていた。そこから、言語の産物である神話もまた社会を反映するという立場が当然出てくるし、それはフレイザーの見方とも重なる。

二十世紀型神話学のパラダイム

さきほど、二十世紀型神話学のパラダイムは構造主義あるいは反歴史主義としたが、これには少し説明がいる。じつは肝心なのは「無意識」の存在の認識なのである。無意識の存在の認識なくしては、二十世紀神話学の展開のうえで実質的なモデルとなった二つの新しい学問である構造主義言語学と深層心理学も成立しなかった。

精神分析学者ジークムント・フロイト（一八五六—一九三九）は、『夢解釈』（一九〇〇）などの著作によって、人間文化における隠された体系、つまり通常、意識によっては認知されていないシステム・体系の存在を無意識として定式化した。そしてかれは従来は病気、狂気、狂乱とされていたヒステリーについて、合理的・理性的に説明が可能だと説いた。また、夢や神話も無意識の産物として説明できるとした。

意識に上らない無意識の領域がはたして理性的なものか、あるいは情動的なものかについてはさまざまな意見が現在でもある。しかし、そうした意識によって認知されずとも人間の行動をコントロールするような心の働きが存在する、という指摘自体が画期的なのである。もちろん、それは一人フロイトのみの発見ではないだろう。すでに歴史や進化によっては説明し尽くせない人間や文化の本質についての意識が漠然とながら存在していたからこそ、フロイトによるその明言化も可能であったのだし、それが受容されることにもなったのである。

進化の段階に左右されない、そして歴史的な産物ではない無意識の領域の存在の発見は、神話についても新しい見方を可能とした。十九世紀型神話学では、無時間的、非歴史的という神話の特徴を過去の人間精神の産物のしるしと捉えていたが、フロイトの無意識の発見を契機として、二十世紀型神話学では、神話の思想そして神話自体も、じつは無意識の産物ではないかという新しい見方が生まれたのである。

神話を無意識の産物と考えるなら、神話は進化の特定の段階に限定されるものではなく、人類に普遍的であり、現在においても、そして未来においても存在することになる。

つまり、神話は過去の遺物でなく、また非合理の産物でもなくなる。それは人間の心に普遍的に存在するパターンの現れであり、合理的に説明できるものと考えられるようになる。この考え方で重要なのは、無意識は単なる混沌ではないとしている点である。意識には上らなくとも無意識はそれ自体において合理性を備えているというのだ。それは意識のように明確な表現形態をとっていないかも知れないが、イメージや象徴としてその存在が認知されるし、一定の意味を担っている。そしてその表現が社会的、集団的な場合が神話であり、個人的な場合が夢であるとされる。

構造言語学

言語学者フェルディナン・ド・ソシュール（一八五七―一九一三）はフロイトとほぼ同時代人である。かれはパリやジュネーヴで教鞭をとったが、その中でも一九〇七年から一九一一年にかけてジュネーヴ大学で行った講義は、死後に弟子たちによってまとめられ、『一般言語学講義』（一九一六）として刊行された。これはそれまで中心であった比較言語学が言語を歴史的に研究していたのとは異なり、言語を体系として研究する視点を提供するまったく新しいタイプの言語学の幕開けを告げるものだった。たとえば同書中には、次のような注目すべき箇所がある。

言語には差異しかない。（中略）一般に、差異には、差異が確立するための確固とした項が存在することが含意されており、その間において差異が設定されることになる。しかし、言語には、確固とした項も存在することなく差異だけが存在するのである。（第二編「共時言語学」第四章「言語価値」§四「全体としてみた記号」）

この場合、差異の体系を明らかにすることが言語学の任務となる。ソシュールはそうした差異の体系を「ラング」と呼んだ。現実に話される言葉である「パロール」を成り立たせているのが、言語の体系であるラングだというのだ。パロールが具体的・意識的・歴史的であるのに対して、ラングは規範的・無意識的・非歴史的である。こうした両者の対比をソシュールは「通時的《ディアクロニック》」と「共時的《サンクロニック》」と表現している。そしてその後の言語学はソシュールの考え方に大きな影響を受け、歴史言語学（比較文法）あるいは通時言語学から、構造言語学あるいは共時言語学へと主流が移行した。そしてソシュールが「体系」と呼んだものを「構造」と呼び、言語の無意識な構造の解明に向かっていくことになるのである。レヴィ＝ストロースの構造神話学に影響を与えたトゥルベツコイやヤーコブソンの構造言語学もこうしたソシュールの考えにその端を発している。

中期デュメジル

中期デュメジルは、デュルケームのフランス社会学の考え方を導入して、新しい理論を展開した。そうした示唆を与えたのは、デュルケームの弟子のモースとマルセル・グラネである。かれらはともにメイエの薫陶も受けていた。

デュメジルが受けたフランス社会学派の影響を典型的に示しているのが、モースの『贈与論』*Essai sur le don*（一九二三―二四）である。そこでは贈与、交換、婚姻のシステムが分析されている。個別の神々の比較、名前を中心とする言語的分析ではなく、人間社会の場合と同様に、神話や儀礼に見られる神々の分業体制、ネットワークをフランス社会学的、つまりは社会人類学的に分析してみるという視点がデュメジルに新しい展開をもたらした。

デュメジルはインドやイランの社会階層を分析し、かつてインド・イラン語派共住期においては社会が祭司・戦士・牧畜農耕者の三階層から構成されていたと想定した。そしてさらに王政期ローマの太古的な大フラーメンとよばれる三人の祭司が祀る神々、ユピテル、マルス、クイリヌスの職能がインド・イラン語派の社会階層のそれぞれの職能と一致することに気づき、三区分的な世界観がインド゠ヨーロッパ語族全体に存在したと考えるにいたる。

こうした社会階層、神話、儀礼に共通する世界観としての三区分をデュメジルはインド゠ヨーロッパ語族に特有のものとして、これを三機能体系と呼んだ。

システム・体系としての神話というデュメジルの考え方がもつ、旧来の観点とは異なる斬新さこそが、二十世紀神話学の潮流の出発点である。もっとも、デュメジル自身が三機能体系を意識的、無意識的のいずれと考えていたかは、明確な言及がないので分からない。しかしこの時期のデュメジルは、神話も儀礼も宗教も理想モデルとしての社会階層の反映として説明している。だとすれば、かれにとってインド゠ヨーロッパ語族全体にわたって長期間存続したと思われたこの理想モデルを、まったく意識的な操作の産物と考えていたとは信じがたい。システムの保持の努力や異なる方面への適応といった意識的努力があったことは否定できないが、システムの成立自体については無意識的な部分が大きいと考えていたと見なしてよいだろう。

後期デュメジル

後期は中期の修正である。中期においては、社会構造、とくに社会階層の反映としての神話、儀礼、そして世界観といった見方をしているが、後期ではむしろ力点が逆転して、理想モデルとしての世界観である「イデオロギー」が重視される。つまり、実際に社会が三つの階層に分かれていたかどうかは、イデオロギー自体の有無を決定するうえで必須の証明事項ではないとされるようになっている。心のメカニズムの産物である世界観の方を神話の主要因とするこうした変更は、二十世紀型神話学のパラダイムにさらに近づいているといえるだろう。

こうして後期デュメジルは神話や儀礼を社会の状態の直接的反映という副次的な立場には置かなくなる。神話も儀礼も社会階層もひとしく世界観の表明とされる。こうなると、神話は世界を理解したり、世界について思弁する際の手掛かり、そして儀礼や社会階層は世界の理想的な在り方の表現ということになる。それらは、いわば異なるメディアによる同じ観念の表現形態とされるのである。

構造言語学である。

レヴィ＝ストロース

レヴィ＝ストロースもミュラーやデュメジルと同様に、言語学をその神話学のモデルとしている。しかし、レヴィ＝ストロースがモデルとした言語学は、他の二人がモデルとした十九世紀的な比較言語学あるいは歴史言語学ではなく、ソシュール以降の共時言語学あるいは構造言語学である。

レヴィ＝ストロースは第二次世界大戦中に、ニューヨークでそうした共時言語学者・構造言語学者の一人であるローマーン・ヤーコブソンと知り合いになる。ヤーコブソンはすべての調音を開閉、前後などの二項対立によって説明できるとした。そして発音は体系をなしているとも指摘した。もちろん、それは発話者が意識しないで行っている無意識の行為である。このようにヤーコブソンは音韻体系の構造化理論を提示し、個別の音自体に意味があるのではなく、相互の関係やその体系性にこそ意味があると主張した。ヤーコブソンの影響をレヴィ＝ストロースの神話学に認めることは容易である。

人類学者であるレヴィ＝ストロースはこうした無意識の体系を解明する対象として、まず近親相姦のタブーと親族体系の問題を選び、『親族の基本構造』を著した。そしてインセストタブーや親族構造よりもさらにその存在理由が不明で、非合理的と思われる神話についてもやはり意識されない体系、構造があると考えて、神話研究に向かったのである。

エリアーデ

エリアーデはルーマニアに生まれ、インド思想、わけてもヨーガに興味をもち、インドに留学した。帰国後ほどなく、エリアーデはルーマニアの恐怖政治、テロリズムを体験する。そして第二次大戦終了後、祖国が共産化すると亡命者となった。歴史性よりも歴史の超越を志向するインド思想に関心があったエリアーデが、歴史の激動に巻き込まれ、「歴史の恐怖」を実感して、歴史とは忌むべきものと考えたのは当然であろう。

エリアーデは神話を本質的に起源を語るものとする。人間は神話によって時間的・空間的な方向づけ（オリエンテーション）を行い、存在の根拠を示し、存在の不安を解消するというのである。神話の語る創造の時、原初、始源こそが完全な状態であって、神話も儀礼もそうした「かの時」の「楽園状態」を再現しようとするというのだ。

こうしたエリアーデの神話観は次のようにも定式化できるだろう。人間には本来的に歴史への恐怖がある。これを克服するのが神話や儀礼である。神話や儀礼は始源の完全な状態を再現し、存在論的不安の解消に寄与する。

こうした立場は、ユダヤ・キリスト教的な救済の実現の過程としての歴史、直線的な歴史の流れにおける神の意思の顕現といった見方と相反するものである。エリアーデにはユダヤ・キリスト教的な宗教観への反発があり、それに代わるものとして非歴史的・循環的な宗教観を支持している。かれはそれがアルカイック（太古的）な宗教に見られるとする。このアルカイックな宗教とは神話が生きている宗教に他ならない。エリアーデにとって、歴史主義に立つユダヤ・キリスト教的な唯一神への信仰は人類に普遍ではなく、むしろ特殊な一形態である。アルカイックな宗教、そして神話こそが人類に普遍的なのだ。つまり現代人の精神の支柱となりうるのは唯一神への信仰ではなく、神話であると主張しているのである。

デュメジルやレヴィ゠ストロースといったフランス系の神話研究者には神話の価値判断は見られない。それはかれらの神話学のモデルが言語学であるためかも知れない。歴史的な言語学であろうと構造的な言語学であろうと、言語という人類に普遍的な現象についてのモデルを基礎とするなら、そこに優劣の基準を導入する理由はない。これに対して、エリアーデは宗教学者である。宗教の中でも絶対的真理であるとか普遍宗教であると自称する場合はとくに、優劣が争われ、進化の視点が持ち込まれやすい。それはむしろ十九世紀型神話学に特徴的なパラダイムに合致するものであり、二十世紀型神話学のパラダイムである普遍性・非歴史性・無意識性といった特徴とは相容れないのである。

キャンベル

キャンベルは二十世紀の初頭にアメリカ、ニューヨーク州で生まれ育った。幼年期から先住民の文化に魅了される。またアイルランド系の出自ということもあって、大学、大学院ではアーサー王伝説を研究する。ヨーロッパ留学中にフロイトの精神分析、ユングの深層心理学を知る。帰国後はインド学者ハインリヒ・ツィマーと出会い、インド思想への関心も深める。

　このように、キャンベルの関心は北米先住民、ケルト、インドの神話を中心とし、分析方法としてはユングの元型論の色彩が強い。

　もう一つ、かれがアメリカ人であり、個人の能力で名声や栄誉を獲得するというアメリカンドリームを理想としていることも、かれの神話学を特徴づける要素となっている。したがってキャンベルの神話学では社会規範よりも個人の超人的な活躍が中心となる。神話は個人の魂の成長の物語として捉えられているのだ。かれの神話学ではエリアーデの場合と異なり、起源神話にはあまり力点が置かれず、むしろ英雄神話がもっとも頻繁に語られるテーマとなっている。

研究者の特徴の対比

　これまで述べてきた諸研究者の特徴を箇条書きにしてみよう。
　マックス・ミュラー――進化論の立場。人類最古の神話の再建に関心。神話の起源は天上の自然現象への原始人類の驚きにあるとする。儀礼については無関心。
　フレイザー――進化論の立場。神話は呪術段階の産物とする。神話の起源は地上。神話と儀礼は慣習に由来。慣習の物語化としての神話。
　デュメジル――歴史言語学の影響。社会にとっての神話。個別文化的。関係性・システムの重視。神話と儀礼を同等に評価。対象をインド＝ヨーロッパ語族に限定。
　レヴィ＝ストロース――構造言語学の影響。理知的な無意識。普遍主義的。関係性・システムの重視。神話と儀礼を別物とする。対象は主として南北アメリカ神話、つまり無文字社会。無文字社会の神話と歴史社会の神話には違いを認める。

エリアーデ——起源神話中心。普遍主義的。歴史の恐怖。宗教に代わるものとしての神話と儀礼。神話と儀礼を同等に評価。対象は無文字社会も歴史社会も含む世界中の神話。

キャンベル——ユング心理学の影響大。英雄神話中心。個人にとっての神話。普遍主義的。アメリカニズム。宗教に代わるものとしての神話。神話を読むことによって力を与えられるという「神話の力」観。儀礼についてはあまり関心がない？　対象は無文字社会も歴史社会も含む世界中の神話。

十九世紀型神話学から二十世紀型神話学へのパラダイム・シフト

最後にこれまでの議論を再度、簡単に要約しておこう。

⑴十九世紀型神話学はダーウィンの進化論と歴史学をパラダイムとして形成され、神話を人類進化の特定の時代の産物、過去の遺物と考えた。

⑵これに対して二十世紀型神話学は普遍的な心のメカニズム、無意識をパラダイムとし、神話を人類に普遍的な無意識的な心の働きの産物と考えた。

では、こうしたパラダイム・シフトをもたらした要因とは何だろうか。それは、キリスト教の衰退、いわゆる「世俗化」の開始と、それに連動する学問の世界における西洋絶対優位説への懐疑ではないだろうか。西洋世界はキリスト教を信奉する西洋こそが神に祝福された世界であるという主張をダーウィニズムの登場以前からいだいていた。そしてこの主張はダーウィンの進化論を意図的に曲解することによってさらに強化された。

西洋がもっとも進化した段階にあり、その他の文化はより劣った段階にあるという歴史における神の啓示の観念を背景とするこうした世界観は、西洋世界以外の地域が自己主張を始める二十世紀になって揺らぎはじめる。そして西洋絶対優位の観念に疑問が呈され、その偏り、誤りが認識されはじめた二十世紀に、神話学においてもまた、直線的・歴史的な神話理解ではなく、普遍的・非歴史的な神話理解が可能となったのであろう。

もちろん、このことはパラダイムの変更の原因として考えられるという可能性を述べるのみであり、二つのパラダイムのうち二十世紀型が正しく、十九世紀型が誤りだといっているのではない。確かに十九世紀型神話学のパラダイムには行き過ぎが多いが、パラダイム自体、神話の歴史的解釈自体が否定されることにはならない。重要なのは、なぜ十九世紀の神話学と二十世紀の神話学には大きな違いが見られるのか、その背景である。ここではその背景を説明するものとしてパラダイム・シフトを想定し、個別の研究者の理論にそうしたパラダイム性がどれだけ認められるかを検討してみた。なお、最後にそうしたシフトが生じた背景についても言及してみたが、それはあくまで可能性に留まるものであるし、近代神話学の潮流を意味ある連続性として理解しようとするここでの目的にとっては、付論的なものである。

第二章　十九世紀型神話学と比較言語学

十九世紀型神話学のモデルとしての比較言語学

神話の諸学説の検討をマックス・ミュラーから始める前に、かれの神話学説のモデルとなった比較言語学とはどのようなものであったかをまず述べておこう。比較言語学とはその言葉どおりに、複数の言語を語彙、音韻体系、文構造などのレベルで比較し、形態論的な類似や相違から歴史的に同一の系統と考えられる「語族」を設定し、可能な範囲で古型（祖語）を再建しようとするアプローチ（方法）である。そして個々の言語については古形からの歴史的変遷の過程を明らかにして、その背景を考察していく。

比較言語学が成立する端緒となったのは、中央アジアからインド、ヨーロッパにわたる地域の諸言語（サンスクリット、古代ペルシア語、ギリシア語、ラテン語、ゲルマン諸語、ケルト諸語など）が属するインド＝ヨーロッパ語族の発見であった（図1）。その後、アッカド語、ヘブライ語、アラビア語などが属するセム語族、マダガスカルからイースター島までの広大な太平洋に広がる言語のオーストロネシア語族（マラヨ・ポリネシア語族）など、次々と世界中の言語の分類が進められているが、比較される言語資料の古さ、豊富さからインド＝ヨーロッパ語族比較言語学はその後ももっとも重要な位置を占めつづけた（高津春繁

『比較言語学入門』第一章「言語の比較研究」)。

学問である以上、比較対象となる諸言語は優劣の先験的な判断なしに公平に扱われるのが理想だが、その際に問題となるのは、必ずしもそうした理想からではなく、現実の優劣観や差別観を正当化したいという願望から比較言語学研究が推進された場合が少なくなかったという事実である。つまり、時代精神の枠組みからは完全には自由でなく、現実の政治や社会状況に左右される部分があったのだ。インド゠ヨーロッパ語族比較言語学もまた、そうした影響から逃れえなかった。

バック・トゥー・ジ・アーク!

ヨーロッパへのインドに関する知見の紹介——西洋世界のいい方では「インドの発見」——がインド゠ヨーロッパ語族比較言語学が誕生するきっかけとなった。その例としてよく引用されるのが、一七八六年に、カルカッタ(コルカタ)でイギリス人ウィリアム・ジョーンズがアジア協会設立三周年に際して行った、「インド人について」という講演である。その中でもっとも有名なのは次の箇所であろう。

サンスクリットは、その古さはどうあろうとも、驚くべき構造をもっている。それはギリシア語よりも完全であり、ラテン語よりも豊富であり、しかもそのいずれにもまして精巧である。しかもこの二つの言語とは、動詞の語根においても文法の形式においても、偶然

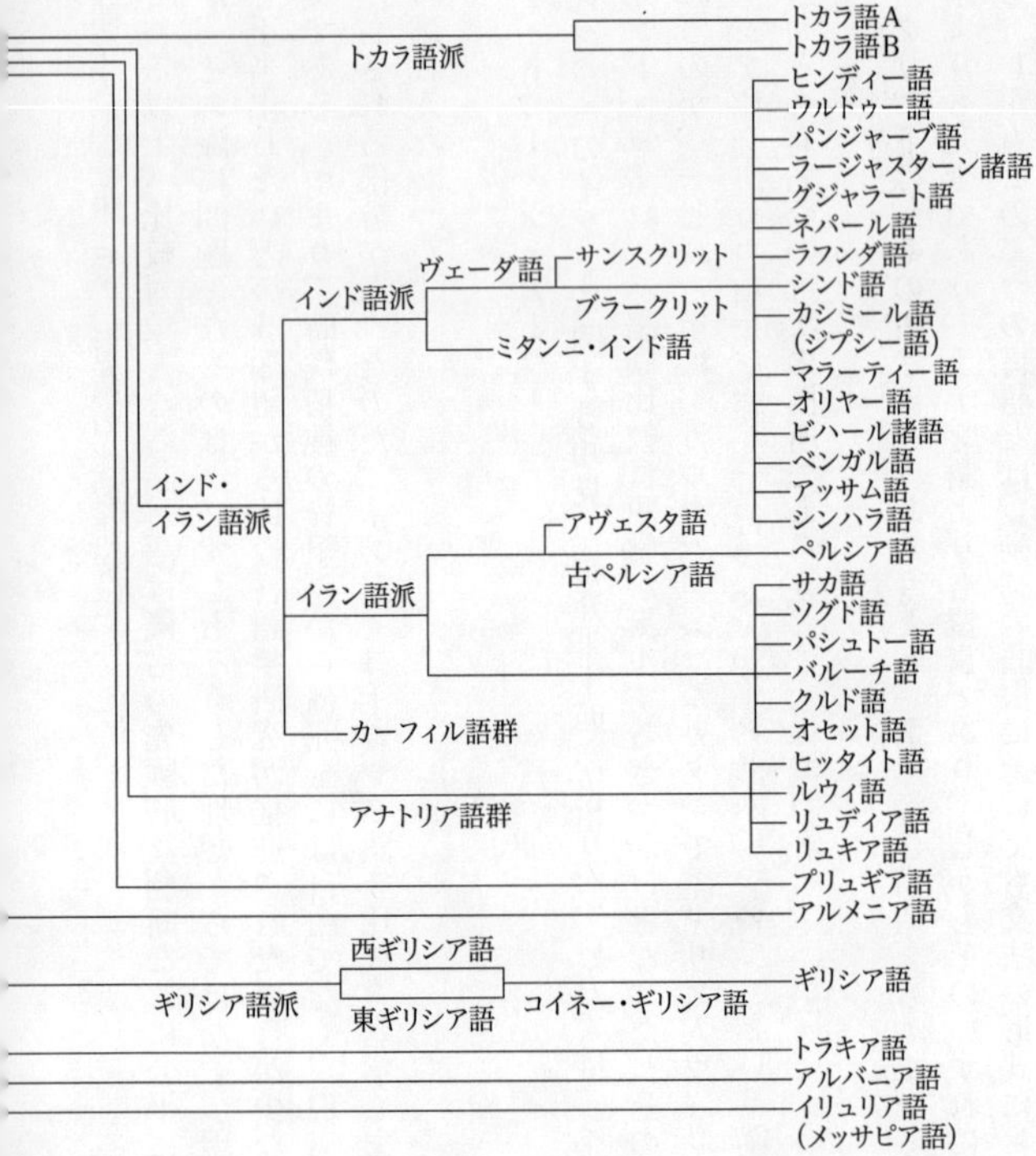
トカラ語派
トカラ語A
トカラ語B
インド・イラン語派
インド語派
ヴェーダ語
サンスクリット
プラークリット
ミタンニ・インド語
ヒンディー語
ウルドゥー語
パンジャーブ語
ラージャスターン諸語
グジャラート語
ネパール語
ラフンダ語
シンド語
カシミール語
(ジプシー語)
マラーティー語
オリヤー語
ビハール諸語
ベンガル語
アッサム語
シンハラ語
イラン語派
アヴェスタ語
古ペルシア語
ペルシア語
サカ語
ソグド語
パシュトー語
バルーチ語
クルド語
オセット語
カーフィル語群
アナトリア語群
ヒッタイト語
ルウィ語
リュディア語
リュキア語
プリュギア語
アルメニア語
ギリシア語派
西ギリシア語
東ギリシア語
コイネー・ギリシア語
ギリシア語
トラキア語
アルバニア語
イリュリア語
(メッサピア語)

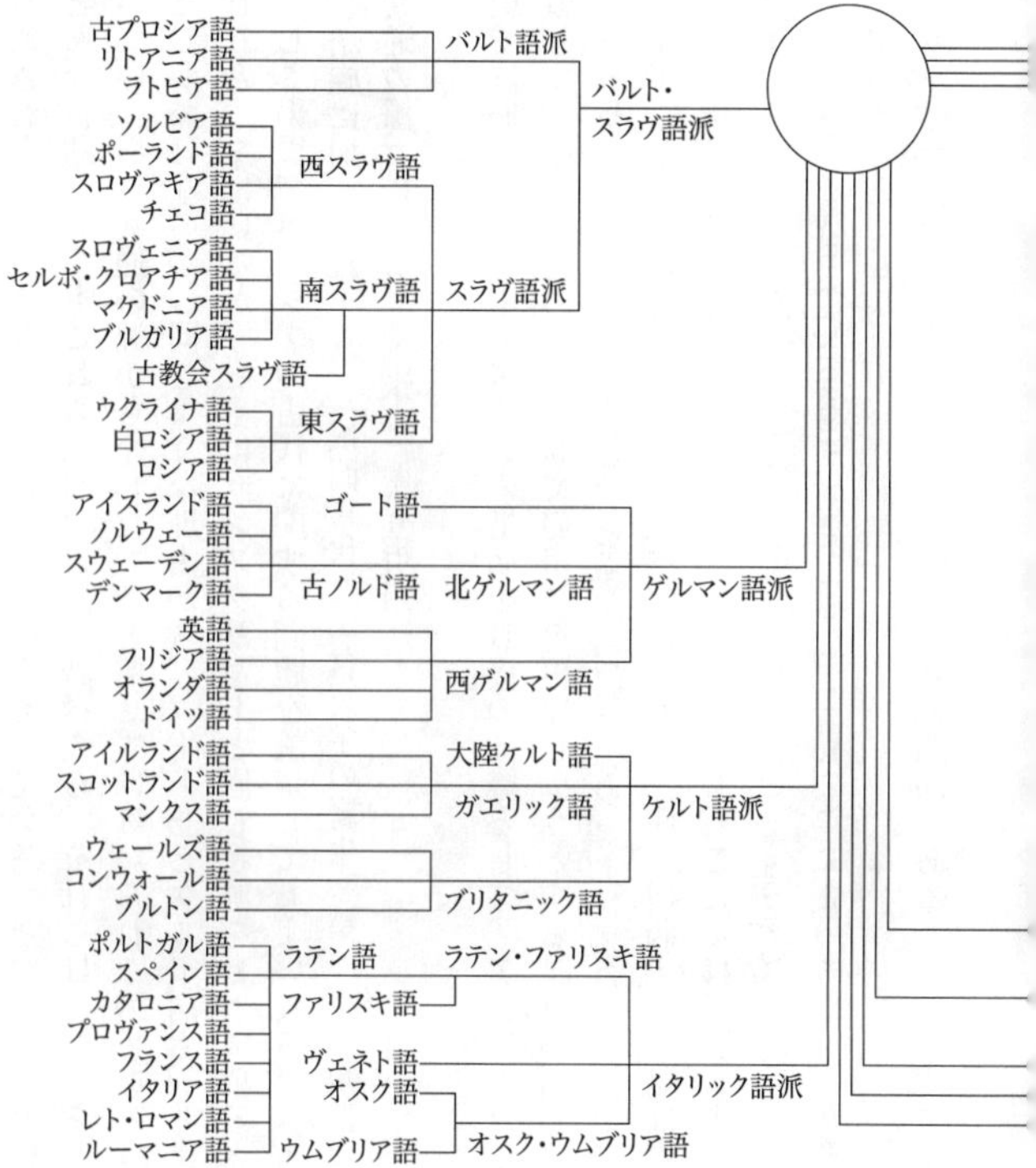

図1　インド＝ヨーロッパ語族　（風間喜代三『印欧語族の故郷を探る』をもとに作成）

つくりだされたとは思えないほど顕著な類似をもっている。それがあまりに顕著であるので、どんな言語学者でもこれら三つの言語を調べたら、それらは、おそらくはもはや存在していない、ある共通の源から発したものと信ぜずにはいられないであろう。これはそれほどたしかではないが、同じような理由から、ゴート語とケルト語も、非常に違った言語と混じり合ってはいるが、ともにサンスクリットと同じ起源をもっていると考えられる。またもしこの場でペルシアの古代に関する問題を論議してもよいならば、古代ペルシア語も同じ語族に加えられよう。（風間喜代三『言語学の誕生』第一章「類似の発見——言語の「共通の源」に向かって——」より引用）

学説史では通常、ジョーンズのこの指摘を直接の契機として、アジアとヨーロッパの諸言語を比較して、その共通の源泉としての祖語を再建しようとする試みが活発になったと説かれている。もちろんそうなのだが、同一系統についてのジョーンズの明快な定式化以前にも、より漠然ながらインドの言語とヨーロッパの言語の同一性を指摘する意見は出されていた。ジョーンズの発見のもつ意義を正しく評価するためにも、ここでは風間（上掲書、第一章）とマロリー（J. P. Mallory, *In Search of the Indo-Europeans : Language, Archaeology and Myth*, Thames and Hudson, 1989, pp. 9-11, 273）に拠りながら、先駆者たちの系譜をたどってみることにしよう。

ヨーロッパの諸言語のいくつかの間に緊密な対応関係があることは、すでに十七世紀のはじめには気づかれていた。たとえばイタリア出身のフランスの古典学者でジュネーヴとライデンの大学教授を務めたヨセフ・スカリゲル（一五四〇—一六〇九）は、「神」という語を基準としてヨーロッパの諸言語を四つのグループに分類している。(1)ロマンス語派に一致するデウス・グループ（ラテン語、イタリア語、スペイン語、フランス語）、(2)ゲルマン語派に一致するゴット・グループ（英語、ドイツ語、スウェーデン語など）、(3)ギリシア語のテオス、(4)スラヴ語派に一致するボグ・グループ（ロシア語、ポーランド語、チェコ語）。しかしかれはこれ以上進まず、これら四グループ相互の関連性は認めることがなかった。

ところが、東洋の言語とヨーロッパの言語の類似に気づいた者がすでに十六世紀にいた。その一人は、インドで宣教していたイエズス会士の英国人トーマス・スティーヴンスである。すでに一五八三年、かれは「当地には数多くの言語があるが、その発音は不快ではなく、言語構造はギリシア語やラテン語と関係がある」と述べている。またその二年後、フィレンツェの商人フィリポ・サセッティもサンスクリットとヨーロッパの言語の間には共通点が多いとして、次のような例を挙げている。「(サンスクリットの中には) 我々の言語の名詞を数多く発見できる。とくに六、七、八、九といった数や、神、蛇などの単語だ」。

十七世紀になると、すでにギリシア語とドイツ語の類似は一般に承認されるようになっていたが、フランキスクス・ラペレンギウスはさらにドイツ語とペルシア語の関連を唱えた。また、オランダ人マルクス・ボックスホルンは、ギリシア語、ラテン語、ドイツ語、ペルシア語を「スキタイ語」として同一グループとした。

十八世紀のジョーンズと重なる時期の研究者の一人に、英国人ジェームズ・パーソンズがいる。かれは医師で、王立協会とロンドン考古協会の会員でもあったが、余技として言語の比較を行った。かれがはじめに行ったのは、アイルランド語とウェールズ語の千語ほどの語彙比較であり、両語が同一起源をもつと結論した。そして、さらにユーラシア大陸の諸言語へと比較を拡大していった。かれの比較方法は数詞を中心としていた。「どの国でも数詞は便利なものだから、言葉の他の要素が変化や変更を受けやすいのとは対照的に、その呼び方はほとんど変化しない可能性が高い」というパーソンズの考え方は正しく、数詞の比較は現在でももっとも基本的なものの一つと認められている。

こうしてかれは、ヨーロッパの新旧ほとんどの言語とベンガル語、ペルシア語の数詞（一〜一〇、一〇〇）を比較した。その結果、パーソンズはヨーロッパの諸言語とインド、イランの言語が共通性をもつと容易に結論できた。パーソンズの比較は方法論を踏まえていて、客観的な検証に堪えるものである。かれ自身もその点は意識していたらしい。なぜならかれは、トルコ語、ヘブライ語、マレー語、中国語の数詞も同時に比較して、これらには対応が認められないと述べているからである。

こうした共通性をもつ言語をパーソンズは「ヤペテ語」(Japhetic) と呼んだ。この名称は旧約聖書に由来する。創世記第十章には、ノアにはセム、ハム、ヤペテという三人の息子があり、セムはユダヤ人、アラブ人の祖先であり、ハムはエジプト人、クシ人の祖先であると述べられている。したがって聖書を真実とするかぎり、これらの人々以外の人類はヤペテの子孫ということになる。パーソンズの著作は一七六七年に出版されたが、その題名はこうした考え方にそって、『ヤペテの子孫――ヨーロッパ諸言語の類縁性と起源に関する歴史的考察――』(*Remains of Japhet: being historical enquiries into the affinity and origin of the European languages*) であった。

しかし、この考えには矛盾がある。ヨーロッパ、インド、イランの言語を共有する集団は、ノアの三人の息子のうち、セムとハムの子孫の集団以外のはずだからヤペテの子孫と見なす、というパーソンズの論法は、その一方でトルコ語、マレー語、中国語の話し手たちをこの「ヤペテの子孫」以外とするかれの分類と矛盾してしまう。しかしかれは、旧約聖書の人類の三区分とそこからこぼれ落ちてしまった現実の言語集団との間の齟齬を気にかけていた様子はない。大事なことは、ヨーロッパ人を「ヤペテの子孫」として旧約聖書のノアの直系の子孫とし、ノアの方舟がたどり着いたアルメニアのアララト山をその起源地として確定することであった。起源を方舟 (Ark) に帰着させようとする願望 (Back to the Ark!) は根強かったのである。

聖書重視の立場からの夥しい聖書の引用はもちろんだが、中世アイルランドの修道士の手になる年代記の無条件な受容、ハンガリー語を誤って「ヤペテ語」としたこと、また北米先住民諸語に「ヤペテ語」の特徴が見られるとこれまた誤って考えたこと、そしてパーソンズ自身が医師で言語研究は余技であり、植物や人相学の著書も出していたのでその説があまり信用されなかったことなども、かれの革新的な言語学の考察が広く知られないまま終わった原因となったらしい。

パーソンズとほぼ同年代の一七六八年、フランスでもイエズス会のクルドゥー神父が、サンスクリット、ラテン語、ギリシア語、スラヴ語などがいずれも一つの源泉を有すると述べている。しかしかれもまた、この原初の言葉を「ヤペテの言葉」と呼んだ。十八世紀は科学的思考と聖書を絶対視する観念とが奇妙に同居していた時代だったといえよう。

〈インディー〉・ジョーンズ以降

比較言語学の開拓者としての栄誉を受けるウィリアム・ジョーンズとはどのような人物だったのだろうか。かれは一七四六年、ロンドンに生まれている。少年期から語学にすぐれ、オックスフォード大学では古典語、アラビア語、ペルシア語に熟達し、一七七一年にはペルシア語文法書を著している。一七八三年にはインドに赴任、カルカッタで上級裁判所の裁判官となった。職務の合間にアジア協会を設立して自ら会長となった。一七八五年にはサンスクリットを学びはじめた。そして一七九四年に亡くなるまでの九年間に、『シャクンタラー』や『マヌ法典』の翻訳を残している（風間、上掲書、第一章）。時代は未知の英知が眠るとされる東方世界への憧れに満ちていた。こうした冒険者の精神の時代にあって、西欧へのインドの紹介に多大の貢献をなしたジョーンズは、スピルバーグ映画のヒーローに擬して〈インディー〉・ジョーンズと呼んでもよいかもしれない。

しかし風間も指摘するように、ジョーンズがはるか東西に広がった語族の共通の祖語をどれほど重大な問題と受け止めていたかには、疑問が残る。「ジョーンズ自身は、自分のこの発言が近い将来にインド・ヨーロッパ語（印欧語）とよばれる一大語族に属する諸言語の比較研究を、そしてその研究がもとになって今日の言語学の発展を促すことになろうとは、おそらく考えてもみなかったであろう。というのは、この講演を読むと、ジョーンズがサンスクリットとその他の諸言語との関係にふれたこの一節をとくに強調して述べているとは思えないし、また彼がその後死ぬまでの八年間、自分のこの推定をなんらかの意味で実証しようと試みたことはなかったからである。」（風間、上掲書、第一章）

ジョーンズはかれの発見した諸言語の「共通の源」に特別な名前をつけなかった。そこで十八世紀から十九世紀はじめまでの間は、パーソンズやクルドゥー神父らの聖書的な「ヤペテ」の名称が用いられていた。しかし以下で見るような、反宗教、反聖書、反ユダヤの流れからインド、ゲルマンの高揚が目指されると、やはりその目的にかなった名称が求められる。その最たるものが後に論じるシュレーゲル弟による人種的な表現の「アーリア人」だが、それ以外に、より学問的な見地からの名称としては、言語の地域的広がりをあらわす言い方として一八一三年に英国人トーマス・ヤングの提唱した「インド＝ヨーロッパ」がある。しかしドイツ語圏では、「インド＝ゲルマン」の方が愛国的な理由によって好まれた。この名称は一八二三年に東洋学者ユーリウス・フォン・クラプロートが提唱したとされてきたが、すでに一八一〇年から用いられていたとする指摘も見られる。

言語、文化、人種

言語に近縁性、共通性があるということは、ものの見方、考え方、世界観つまりは文化においてもそうであると考えられる。しかし人種についてはそうではない。人間は人種に関係なく、育った文化と言語を自らのものとする。ところが、インド＝ヨーロッパ語族（Indo-European）という概念は、人種間の対立や優劣の意識の強かった近代ヨーロッパでは、容易に人種概念と結びついた。「インド＝ヨーロッパ」とか「インド＝ゲルマン」という表現は、元来は学問的な語族の名称であっても、一般人にとっては人種と同一視されてしまう。「ラテン」や「ジャパニーズ」が言語を指し、同時に民族の意味でも用いられるのと同じで、表面的にはどちらを指すのか区別がつかないからである。

それに言葉が民族の魂であるという、言語と民族を同一視する思想は、べつにロマン主義をまたずとも、ヨーロッパには伝統的であった。たとえばライプニッツ（一六四六―一七一六）は言語の起源に関心をもち、言語の共通の起源には「語根の言語」があるとしたが、それはかれによれば聖書の言葉のヘブライ語よりも、英雄時代のドイツ語に近いものだった。「この言語にヘブライ系およびアラビア系言語がもっとも近いが、これらの言語は著しく変質している。そして（ヤーコプ・ベーメの言葉を使うと）、チュートン語はアダムの言語よりも多くの自然さを保持しているように思われる」、「ゲルマン語はヘブライ系言語そのものと同じくらい、あるいはそれ以上に、原始的なものを有している」（『人間悟性新論』、一七〇四。ポリアコフ『アーリア神話』第一部「古い起源神話」第五章「ドイツ――言語と人種」より引用)。

ここにはすでに古代ゲルマン人こそが人類の起源であるという信念が表明されている。そのためにはゲルマン語をアダムの言語、旧約聖書の言語であるヘブライ語よりも古いとする決定的な証拠が求められた。東方にヨーロッパと同じ白人(コーカソイド)の国、人類の英知の故郷を見つけることがヨーロッパ人の願望だった。ヨーロッパの言語がインドの言語と同一の起源をもつというジョーンズの説はそうした願いどおりのものだったのである。こうして西洋はセム的な近東よりもさらに東に位置するインドと言語、文化、そして人種においても結びつけられる。ヨーロッパによって「発見」されたインドとは現実のインドではなく、ヨーロッパが願い望む姿のものでしかなかった。

インド像と人種の分類

西洋世界はいつごろからインドのことを知り、またどのようなイメージで見ていたのだろうか。この点を、西洋世界の他者観、人種の分類の問題とからめながら時代順に概観しておこう。

ヨーロッパではインドの存在は古くから知られていた。ギリシア神話のディオニュソス神はインド、ペルシア世界をさまよったとされ、マケドニアのアレクサンドロス王は実際にインドまで到達した。また近世になると、インドを含む東洋との香料貿易には、それがもたらす莫大な利益のためイスラーム世界、イタリア諸都市、ポルトガル、スペインのいずれもが大きな魅力を感じていた。インドをなにか特別な不思議の世界と見なす態度は、ヨーロッパ人がながらく保持してきたものである。

インドについての知識は古代や中世には現実的よりも多分に想像的であり、後一世紀ローマの歴史家クルティウス・ルフスの『アレクサンドロス大王伝』をはじめとする各種の『アレクサンドロス伝』や中世のイコノロジーが示すように、不可思議な動植物に満ちた世界と見なされていた節もある。そしてそれが現実味を帯びてくるのが十五世紀末の（ヨーロッパから見た）新航路、新大陸の発見以降、インドを含む世界各地へヨーロッパ諸国が進出していく時期である。幻想か現実かを別とすれば、インドはヨーロッパ世界にはつねに知られていた。そしてそうしたインド、エジプト、中国など外部の「文明」をどのように評価するかによって、ヨーロッパは自己同定を行ってきたともいえる。

世界各地に商人や宣教師が赴けば、当然のように言語も人種も文化も多様であることが認識される。しかし旧約聖書によれば、すべての人間はアダムの子孫であり、バベルの塔の一件によって人間が傲慢さの罰として互いの言葉が通じない状態とされる以前には、神は旧約聖書の書かれているヘブライ語で話していたはずなのである。それなら、さまざまな肌の色をもつ人々は皆アダムの子孫なのか、異なるタイプの諸言語はすべてヘブライ語に由来するのか、という疑問も生じる。こうして「大航海時代」の知識拡大とルネサンス以来の自然科学の発展によって、旧約聖書の教条的な世界観はもはや絶対的な真理とは認められなくなっていく。

世界各地の民族に関する情報が飛躍的に増大する十六世紀以降、人種の分類が行われはじめる。とくに十七世紀に入ると、そうした分類にヨーロッパ文化の優越感がうかがえるようになる。一六八〇年代のトルコとの戦いでの勝利、科学、経済、産業での躍進が、ヨーロッパ文化そして白色人種であることに自信をいだかせたのだろう。また十七世紀から始まった黒人奴隷貿易も関わってくる。同じ人間か否かは別として、ともかく奴隷を使いたい、理屈は後から作ったというのが実態だろう。

人種的劣等性を唱えるのも、自分たちヨーロッパ人を奴隷経済の古代ギリシア・ローマの子孫と自称するのも、そうした理屈である。たとえばフランスの哲学者フランソワ・ベルニエは一六八四年に次のような分類を提案したという（ポリアコフ、上掲書、第二部「アーリアの起源神話」第一章「プレリュード」より引用）。「私は、とくに四つまたは五つの人種の存在に気づいた。その相違はきわめて著しいものであり、分類の正当な基礎となりうるものである」。かれのいうヨーロッパ人にはエジプト人と赤銅色のヒンドゥー人（「この色は一時的なもので太陽にあたることに由来するものにすぎない」）、それにアメリカ・インディアン（「われわれと違った、特別な人種として扱うほど大きな相違は見あたらない」）も含まれる。他はアフリカ人（「その黒さは彼らにとって基本的なものだ」）、中国人と日本人（「彼らは、広い肩を持っており、平べったい顔、平べったい鼻、豚のような小さな目をしている」）、そしてラプランド人（「彼らは低劣な動物だ」）である。

たんに分類するだけでなく、優劣をつける態度は、十八世紀になっても科学全体を覆いつづけていた。この時代の自然科学を代表し、植物の分類で有名なカール・リンネも、『自然の体系』（一七三五）では人種を次のように四つに分類している。

⑴「白いヨーロッパ人――創意性に富む、発明の才に富む……白い、多血質……。法律にもとづいて統治されている」

⑵「赤いアメリカ人――自己の運命に満足し、自由を愛している……。赤銅色、短気……、慣習に従って自らを統治している」

⑶「蒼いアジア人――高慢、貪欲……黄色っぽい、憂鬱……。世論によって統治されている」

⑷「黒いアフリカ人――狡猾、なまけもの、ぞんざい……黒い、無気力……。自分の主人の恣意的な意志にもとづいて統治されている」（ポリアコフ、上掲書、第二部第二章「啓蒙時代の人類学」より引用）

これが当時の科学的人種主義だが、同じような優越感はすでに古代ギリシアにおいてアリストテレスが『政治学』（七・七）で述べている。

寒い地方にいる民族、特にヨーロッパの民族は気概に富んでいるが、思慮と技術とにやや欠けるところがある、それゆえ比較的に自由を保ちつづけているが、国的組織をもたず、隣人たちを支配することができない。しかるにアジアの民族はその霊魂が思慮的でまた技術的ではあるが、気概がない、それゆえ絶えず支配され、隷属している。しかしギリシア人の民族はその住む場所が中間を占めているように、その両者に与かっている、というのは実際気概があり思慮があるからである。それゆえ自由を保ちつづけ、非常に優れた国的組織をもちつづけている。そうしてこの種族はもし一つの国制を定め〔て統一を成し遂げ〕たなら、他の凡ての民族を支配することができるだろう。（山本光雄訳）

実際、近世ヨーロッパが自分たちの祖先と仰いだのはアリストテレスのいう「ヨーロッパの民族」であるケルト人（『ニコマコス倫理学』三・一一一五b二八）ではなく、偉大な古代文化のギリシア人であった。オリエントの強大な帝国ペルシアを相手に、小国ながら勝利した西欧文明の故郷ギリシア。その古代ギリシアを継承する近世ヨーロッパこそが優れた民族であり、「他の凡ての民族を支配することができる」というのである。

アーリア人神話の時代

学説史的にいえば、インド＝ヨーロッパ語族比較言語学の最初の金字塔はフランツ・ボップの『ギリシア、ラテン、ペルシア、ゲルマン諸語のそれとの比較による、サンスクリットの動詞活用組織について』（一八一六）であるが、一般の教養人にインドとヨーロッパの言語のつながりへの興味を喚起したのは、フリードリヒ・フォン・シュレーゲル（一七七二―一八二九）の著書『インド人の言語と知恵』（一八〇八）の功績であった。「アーリア人神話」の端緒を作ったこの人物の思想を、ポリアコフとバーナルに拠りながらまず素描してみよう。（ポリアコフ、上掲書、第二部第三章「新しいアダムを求めて」。Martin Bernal, *Black Athena : The Afroasiatic Roots of Classical Civilization, Vol. 1, The Fabrication of Ancient Greece 1785-1985*, Free Association Books, 1987, Chap. V "Romantic Linguistics"）

シュレーゲルにはいくつか見逃すことのできない重大な問題点がある。第一には、学者でありながら言語の類縁関係を人種の類縁関係に置き換えた最初の人物の一人であるということである。インドに理想を求め、「すべて、まったくすべてはインド起源である」と信じるインド信者のロマン主義者シュレーゲルにとっては、言語＝人種とするのが当然だったのだろう。かれはこの「人種」を旧来の聖書的な「ヤペテ」以外の名称で呼びたいと思って、適当な名称を探した。そして一八一九年にいたって採用したのが「アーリア人」であった。かれにとって、自らの属する言語集団をインド的な名称で呼ぶことこそもっとも望ましかったのだろう。

モニアー＝ウィリアムズの梵英辞書を見ると、このアーリアという語は高貴で篤信な自分たちと同じ生まれの人間を指すとされている。イラン人もまた自分たちをこう自称していた。イランという国名自体がアーリアに由来するし、ペルシア王ダリウスも自らをアーリアとしている。つまりインドやイランの人々が自分たちをアーリアと呼ぶのは問題がないのだが、シュレーゲルのようにそれをインド＝ヨーロッパ語族全体と重なる人種としてしまうのは当然誤っているのである。しかしかれが語族を人種に置き換えたことは、当時のヨーロッパの人種観や知的土壌からもむしろ当然の成り行きだったのかも知れない。そしてそうした潜在的な土壌に合致する説だったからこそ、シュレーゲルの著作は熱狂的に受容され、より学術的な「インド＝ヨーロッパ」や「インド＝ゲルマン」という語族名よりも「アーリア人」の方が一般化したのだろう。

また、ロマン主義は人種と言語のいずれにおいても純粋さを理想とした。人種の理想は中央アジアの高原から下ってきた白人のコーカソイドであり、インドのバラモンこそがその純粋な子孫であった。こうしたシュレーゲルの理想主義は、ジョーンズのいうようなサンスクリット、ギリシア語、ラテン語などの共通の祖先である未知の言語よりも、人種の理想と合致するようにバラモンの言語サンスクリット自体を、最古で最高の言語の直接の子孫と見なしたのである。ここでも学者としての面がロマンに席を譲っていることが問題であろう。シュレーゲルにとって、この理想の人種と言語は、ユダヤ人やヘブライ語とは無関係に存在したし、交わってその純粋性が損なわれることがあってはならなかった。つまりかれは人種と言語の多起源を主張したのである。それは人類の唯一の祖先アダムと神の言葉としてのヘブライ語というユダヤ・キリスト教のドグマの否定であり、むしろその上位に理想の人種と言語としてアーリア人とサンスクリットをすえるものであった。

もっとも、シュレーゲル自身はインド信者ではあっても、ユダヤ人への差別主義者ではなかった。むしろかれはドイツ社会におけるユダヤ人の解放を進めようとしたし、個人的にはユダヤ人哲学者モーゼス・メンデルスゾーンの娘と結婚している。だからかれの仕事は、ナチスの時代には高い評価を受けていない。しかし、結果論的にいえば、シュレーゲルがインド゠ヨーロッパ語族比較言語学とユダヤ人にとって望ましくない方向へと人々を先導したことも事実として残る。

もう一つ、インド゠ヨーロッパ語族比較言語学が客観的な学問性をロマンや政治的正当化のために左右された理由に、インド゠ヨーロッパ語族の原郷探しがある。祖先がどのような生活をし、どこに住んでいたかという興味に当時のヨーロッパの知識人の心が捉えられていた様子は、現代日本の古代史愛好家が邪馬台国や卑弥呼に向ける熱い視線を思えば、容易に想像できるだろう。実際のところ、動物、植物、鉱物、道具、地形、季節などの語彙を比較し、その中の共通のものから文化や原郷を推定することは、ある程度まで客観的に可能と現在も考えられているし、ジョーンズから半世紀あまりの十九世紀の半ばから早くも試みられ現在までつづいている（風間『印欧語の故郷を探る』）。

シュレーゲルのように、インド北部の高地から優れた集団が下ってきて文明をもたらしたと思い込むのはもとより学問ではないが、人種問題とからめられると問題はさらに深刻化する。つまりシュレーゲル以降、ヨーロッパ人にとっての「アーリア人」とは長頭、ブロンドの髪、ブルーの眼、白い皮膚の人種となったのだが、人種論者たちの論法では、こうした人種的特徴がもっとも純粋に残っているところ、つまりスカンディナヴィア半島こそが原郷ということになる。厳しい気候と生活条件に堪えた北方のゲルマン人こそが美しい特徴と優れた知性を備えているという思い込みがここでもまた繰り返されている。もちろん、こうした思想の終着点はヒットラーとナチスのアーリア人神話であり、ユダヤ人虐殺のための強制収容所である。

特定の人種に対する差別観、抑圧を正当化したい、自分たちの優秀性を誇りたい、歴史的な屈辱感を学問の名のもとに払拭したいなど、さまざまな人々の欲望や願望のうずまく中で、西欧人のイメージとしてのインドとインド＝ヨーロッパ語族は翻弄され、利用されてきたといえるだろう。デュメジルのインド＝ヨーロッパ語族比較神話学研究に対して、ナチズムへの共感のもとに進められたという嫌疑が投げかけられたことがあったが（「あとがき」参照）、そうした嫌疑をいだかせるだけの「前科」がインド＝ヨーロッパ語族研究史にあったことは否定できない。

第三章　マックス・ミュラーと比較神話学の誕生

生涯

まず、フリードリヒ・マックス・ミュラーの生涯を見ておこう。知的環境あるいは文化が学問理論の形成過程に反映するという見方には、学問の客観性を否定する響きがあるかも知れない。しかし、完全に客観的な学問など建前の世界にしかありえず、環境に左右されることは否定できないと素直に認める時点から神話学説史は出発すべきである。そして以下に見るように、ミュラーの生涯の諸要素はかれの神話理論の形成に大きな影響を与えていると思われる。

マックス・ミュラーは一八二三年、中部ドイツの小公国アンハルト・デッサウの首都デッサウで生まれた。父のヴィルヘルム（一七九四―一八二七）はゲーテに私淑し、後期ロマン派の叙情詩人として知られ、ギリシアの独立を鼓舞する詩によって、「グリーヒェ（ギリシア人）・ミュラー」と称された。ヴィルヘルムの詩のうち、「美しき水車小屋の娘」や「冬の旅」などは、フランツ・シューベルトの歌曲にもなっている。しかし、父は息子がわずか四歳の時、三十三歳の若さで亡くなってしまう。この父の影響もあって、ミュラーは少年期から詩を好んだ。また、同時に音楽にも関心があって音楽家の道も志したが、知人であった作曲家フェリックス・メンデルスゾーン＝バルトルディが別の方面を選ぶように勧めたという。

音楽家の道を諦めたミュラーは、ライプツィヒ大学に入学して、古典文献学、サンスクリット、哲学を学び、「スピノザの倫理学、第三巻レー・アフェクティブス」によって、二十歳の若さで哲学博士号を取得する。文献学と哲学の両方に強い興味をいだいていたミュラーは、今度はベルリンに移り、サンスクリット学者・比較言語学者のフランツ・ボップと哲学者フリードリヒ・シェリングのもとで学ぶ。また、フランクフルトではショーペンハウエルにも会っている。こうした哲学者たちとの出会いの中で、インドの聖典に関する旧世代の認識が、必ずしも正確とはいえないことを知るようになる。たとえば、ショーペンハウエルはミュラーに、『ウパニシャッド』以外のヴェーダは役に立たないと語ったという。

ついで一八四五年、ウジェーヌ・ビュルヌフのもとでさらにサンスクリットを学ぶため、ミュラーはパリに赴く。ビュルヌフが与えた影響は大きかった。かれはこの頃『リグ・ヴェーダ』の講義をしており、ミュラーにウパニシャッド哲学の研究よりも、『リグ・ヴェーダ』のテクスト校訂に取り組むように勧めた。インドのバラモンたちは聖典であるヴェーダを西洋人になかなか公開しなかったので、『リグ・ヴェーダ』テクストの刊行が強く待ち望まれていたのである。

こうしたミュラーの経歴からは、(1)少年時代からの詩や音楽などの芸術への関心、(2)青年期からのインド＝ヨーロッパ語族比較言語学・哲学・サンスクリットなどの学習、の二点が特筆される。ビュルヌフの示唆を受け入れることで、ミュラーのその後の生き方はある程度定まった。すなわち、まずかれはサンスクリット文献学者としてテクスト校訂に専心するのである。しかし、同時に翻訳の作業もするのでテクストの内容にも精通しなければならない。いうまでもなく、『リグ・ヴェーダ』は讃歌集であり、哲学よりは詩であり、神話と宗教のテクストである。こうして、まず文献学、ついで神話学・宗教学、そして最後に哲学というミュラーの中での研究の優先順位が定まる。

一八二〇年以降、英国はドイツの人文科学研究の成果の摂取に努めるようになるが、そうした動きの中心となったのは、プロシアの駐英公使クリスティアン・C・J・フォン・ブンゼン男爵（一七九一—一八六〇）だった。言語学者・神学者でもあった男爵は、四八年、英国東インド会社の資金援助によって『リグ・ヴェーダ』のテクストと翻訳を完成させる人物としてミュラーを選び、英国に連れてきたのである。テクストはサーヤナ（十四世紀後半のインドの注釈家）の注釈とともに、『リグ・ヴェーダ・サンヒター』六巻本として、二十四年かけてオックスフォード大学出版局から刊行された。こうした経緯でミュラーはオックスフォードに居を構え、文献学者としての生活を始めた。かれはまず、現代諸語担当のタイラー講座教授の地位を与えられ、さらにオール・ソールルズ・カレッジのフェロー（特別研究員）にも任じられている。

しかしミュラーは、ある時期からサンスクリット文献学者としての禁欲的態度を和らげ、神話や宗教について一般向けの著作や発言を行っていくようになる。かれの神話研究のマニフェストである「比較神話学」が『オックスフォード・エッセイズ』に掲載されるのは、一八五六年のことである。以前からかれの内部にあった、広汎な読者・聴衆に向けて発言したいという気持ちが表面化したのであろう。事実、ミュラーはより自由な活動の場を求めて何度かオックスフォードを去ろうとしている。

そうしたミュラーに対して、一度目はかれのために比較文献学の講座が創設され、二度目にはクライスト・チャーチ・カレッジの評議会と学寮長が講義義務の免除という異例の提案を行った。こうしてミュラーはオックスフォードに留まることとなった。そしてかれは一九〇〇年に亡くなるまで、終生オックスフォードに住みつづけ、半世紀以上を「オックスフォードのドイツ人」として過ごしたのである。

なお余談だが、この時の学寮長とはギリシア語辞典の編纂で名高い西洋古典学者ヘンリー・ジョージ・リデル（一八一一―九八）である。もっとも、一般にはあの『不思議の国のアリス』（一八六五）の主人公になった少女アリス（一八五二―一九三四）の父親といった方が分かりやすいかも知れない。そしてこの永遠のベストセラーの著者であるルイス・キャロル、本名チャールズ・ドジソン（一八三二―九八）もクライスト・チャーチの数学講師であった。マックス・ミュラーとアリスとルイス・キャロルは同じ学寮で生活していたのである。

ミュラーは、当時四回にわたって首相を務めた（一八六八―九四）W・E・グラッドストン（一八〇九―九八）とは親友であり、ヴィクトリア女王（一八一九―一九〇一）ともその夫アルバート公（一八一九—六一）とも親交があった。ヴィクトリア女王はミュラーの説に興味をもち、かれを宮殿に招いて、「言語の科学」という題で王族の前で講演させている。もっともこれには政治的な配慮も働いていたらしい。当時プロシア王国（ドイツ）は皇帝ヴィルヘルム一世と宰相ビスマルクのもと、シュレスウィヒ・ホルスタインの割譲をデンマークに要求して、ヨーロッパの緊張が高まり、英国がこの問題に介入すべきか議論があった。しかし、ヴィクトリア女王は夫アルバート公がドイツ出身ということもあって、親プロシアであった。彼女がドイツ出身のミュラーを宮廷に招いて講義させることで、英国はこの問題に干渉すべきでないという考えを内外に示したという側面は否定できない。

このようにミュラーは当時の英国社会の著名人であり、かれの死に際して「タイムズ」が掲載した長文の追悼記事には、「マックス・ミュラーの講義は世間の関心を集めた。夕食のテーブルでのお決まりの話題だった」と記されている。

進化論と比較言語学

この時代には、新しい学問体系、つまり新しいパラダイムが形成されようとしていた。その中でももっとも大きな影響があったのは、ダーウィン（一八〇九—八二）の『種の起源』（一八五九）によって広く知られるようになった進化論である。自然科学と人文科学のすべての分野で規範となったという点で、進化論はパラダイムを形成した「大理論」と呼べる。まず起源を明らかにし、ついで起源からの進化の過程を明らかにすることによって事物の本質が解明されるという十九世紀の学問のスタイルが確立するのである。

　ミュラーはダーウィン進化論の適者生存の考え方を受け入れている。しかし同時に、かれは「こうした〔自然の〕法則は、創造者が意図をもっていることを我々に示している」(『言語科学講義』)と述べて、神の存在も認めている。進化論のパラダイムによって神話と宗教の起源を探る試みは、かれにとって科学と信仰を両立させる試みでもあった。

　もう一つ、進化論ほどの「大理論」ではないが、理論上のモデルとして比較神話学の成立により直接的な影響を与えたのが、インド＝ヨーロッパ語族比較言語学である。ウィリアム・ジョーンズ(一七四六―九四)らが指摘した、インドからヨーロッパにいたる広大な領域の言語は同一の起源を有するという説は、大いに関心をもたれていた。わけてもドイツでは、西洋古典学者フリードリヒ・クロイツァー(一七七一―一八五八)や東洋語学者アウグスト・シュレーゲル(一七六七―一八四五)、そしてその弟の哲学者フリードリヒ・シュレーゲル(一七七二―一八二九)らのロマン派神話論によっても、ヴェーダや叙事詩といったインドの伝承は、厳密な年代考証なしに人類最古の英知の残存と目されていたから、インドの神話は、人類における宗教の誕生の謎を解明する鍵として注目されたのである。

　こうして、インド＝ヨーロッパ語族という一大言語集団の言語を復元するために、比較言語学という学問が成立し、フランツ・ボップ(一七九一―一八六七)によって一応の体系化が果たされた。そして単語の比較により祖語を再建する手法をさらに一段進めて、語彙の比較からインド＝ヨーロッパ語族の原文化を再建しようとする試みも現れてくる。その一環が、インド神話・ギリシア神話・ゲルマン神話などインド＝ヨーロッパ語族の神話を比較して、人類最古の宗教の姿を明らかにしようとした、ミュラーに代表される比較宗教学・比較神話学であった。このように、当時の宗教と神話の研究は原初の姿の再建を目的としていたので、その手法は単語の比較による再建という比較言語学的なものとならざるをえなかったのである。

ヤーコプ・グリムと「古代学」

この面においてミュラーの先駆者といえるのが、ヤーコプ・グリム（一七八五―一八六三）である。かれは言語学、神話、伝説、法律、民話などを渾然一体と、現代風にいえば学際的に研究した。言語学の分野の功績には『ドイツ文法』（一八一九―三七）や、かれの名前を冠して「グリムの法則」と称せられるゲルマン語における規則的な音韻推移の発見があり、神話の分野では『ドイツ神話』（一八三五）があるし、伝説については二巻の『ドイツ伝説』（一八一六―一八）が、そして法律については、『ドイツ古代法』（一八二八）がある。また民話の分野でも、弟のヴィルヘルム（一七八六―一八五九）とともに『グリム童話集』（一八一二―一五）を刊行している。かれがこうして多方面に関心を示したのは、そのいずれもが同一のゲルマン精神の異なる側面であるという信念を有していたためであろう。それはゲルマン人の太古を明らかにする一種の「古代学」の諸領域だったのである。固有名詞の語源解釈によって、神話の神々、伝説の英雄、昔話の悪霊いずれもの起源、つまり本質を明らかにできると考えられたのである。

自然神話学

ミュラーにおいて比較神話学と比較宗教学とが同一のものと見なされていたことは、現在の目からは奇異に映るかもしれないが、かれもグリム兄弟も、言語・宗教・神話・哲学を同一の問題として捉えていたのである。かれは自らの仕事をこれら四つの「科学」として区分し、これらが人間の発展、進化の段階であり、しだいに歴史的に展開し、進化していくと考えていた。

言語ほど古いものはない。人間の歴史とは、石器やピラミッドのような石の神殿ではなく、言語をもって始まるのである。第二の段階は、自然現象を思考に置き換える最初の試みである神話によって代表される。第三の段階は宗教である。これは道徳の力、そして究極的にはすべての自然の背後とその上に存在する「道徳力の一者」を認識することである。最後の第四の段階は哲学、つまり経験による資料に対して正しく働きかける理性の批判的な力である。(『神話科学への貢献』)

言語によって神話や宗教の起源を解明することは、当時最新の学問であったインド＝ヨーロッパ語族比較言語学と文献学の専門家であった、グリムとマックス・ミュラーのいずれにとっても当然の選択であった。こうした前提からは、比較する単語として最初に選ばれるのは神々の名前となる。その中でもっとも初期に指摘され、現在にいたるまで唯一確実と認められているのが、ギリシアのゼウス、ローマのユピテル、インドのディアウス、北ゲルマンのチュールの名前の対応である。これらの神々の名前は天空を意味し、またゼウスとユピテルがそれぞれの神界の最高神であることから、ディアウスとチュールもかつては最高神であったと見なされた。

このことから、ミュラーは、神々そしてその神々を主人公とする神話が、本来は天空の動きの反映であったと考えた。実際、『リグ・ヴェーダ』をはじめとするインド神話には、暴風雨を思わせるインドラやマルト神群、太陽神スーリアと曙女神ウシャスなど、天空の自然現象の比喩がきわめて豊富である。インドの言語であるサンスクリットが、インド゠ヨーロッパ語族の原言語にもっとも近いとか、あるいは原言語そのものとさえ考えられ、インド神話もインド゠ヨーロッパ語族の原神話をもっとも忠実に残していると見なされていた時代であるから、インドのヴェーダ神話の印象から、神話の起源に天体活動を措定するようになるのも当然であった。

ミュラーだけではなく、ドイツの比較言語学者・神話学者アーダルベルト・クーン（一八一二―八一）もそう考えた。ただ、ミュラーが中心的な天体現象として太陽を考えたのに対し、クーンは暴風雨を主張したのである。

言語疾病説

ミュラーの神話論がもてはやされたのは、十九世紀ヴィクトリア朝英国である。当時の英国は、ラテン文明を直接に継承するイタリア、フランスなどと異なり、ドイツとともにギリシア文明の後継者を任じていた。しかるにヘシオドスやアポロドロスに代表されるギリシア神話は、クロノスによるウラノスの性器切断やゼウスを筆頭とするオリュンポスの神々の近親相姦、人間の乙女たちが男神によって強姦される物語などに満ちており、こうした神話のあり方を無理なく説明して正当化してくれる言葉を英国の紳士淑女は待ち望んでいたのである。それが神話を「言語の疾病」として説明してくれるミュラーの神話論だったと考えられる。

ミュラーによれば、原初の人類の言語は抽象的概念の表現を欠いていたので、日の出、日没といった天体現象から受ける大きな驚きを表現するのに、現在では詩においてのみ意図的に使用されるような人格的な表現を用いざるをえなかったが、後になるとそうした用法が誤解され、人間的な神々の物語として神話が誕生したのである。

インド＝ヨーロッパ語では単語は男女の性をもつから（中性は後に生じる）、それも神話として物語化されるのに貢献したとされる。ヴェーダ神話は本来の形に近いから、自然現象の側面を強く残しているが、ギリシア神話ではそれは消え去り、より人間的な殺害や強姦といった表現になったというのだ。このように、ミュラーによれば、神話は「言語の疾病」によって生じたのであり、ノミナ（名前）がヌミナ（神聖存在）になったのである。つまり、神話の非道徳性は見かけだけであり、神話を残した人々――つまり英国人がその後継者を自認するギリシア人を含むインド＝ヨーロッパ語族――が非道徳的な人々であったわけではないという理屈が成立する。この点について、ミュラーは次のように述べている。

私たちは曙の後に太陽が出現するというが、古代の詩人は、それを太陽が曙を愛して抱くとしか、表現したり考えたりできなかった。私たちのいう日没は、かれらにとっては太陽が年老い、朽ちるとか亡くなることであった。私たちのいう日の出は、かれらには夜が輝く子供を産むことであり、春とは、太陽あるいは天空が大地を温かく抱擁し、自然の膝元に宝物を注ぎ込むことであった。（「比較神話学」、『オックスフォード・エッセイズ』。のちに『ドイツ人工房の削り屑　第二巻』所収）

神話の不可思議な物語を、天体現象のアレゴリー（寓意）として解釈してみせ、英国人が祖先と感じていた人々の高貴さ、偉大さを擁護するミュラーの神話論が人気を博したのも故無きことではない。

さらに、この神話論は昔話や童謡にも応用できた。ミュラーによれば、伝説も昔話も童謡も、神話の堕落した形態であり、基本的には神話と同様に天体現象のアレゴリーとして説明できるというのだ。

「古代の神話の神々は、古代の叙事詩では半神や英雄たちに姿を変えた。そしてこれら半神は後の時代になると、今度は私たちの昔話の主人公になったのである」（上掲書）。昔話や童謡の残酷さもこれまた説明できて、英国の紳士淑女にとってはとても都合がよかったに違いない。

まとめてみるならば、十九世紀のミュラーら自然神話学派を生み出したパラダイムとは、(1)ダーウィンの生物学を源流とする進化論および起源論、(2)比較言語学に由来する語源の過度の重視、の二つであった。それが、古代ギリシア文明の後継者を任じていたヴィクトリア朝英国人のギリシア擁護、ギリシア神話の品位を維持したいと願う雰囲気に合致して、人気を獲得したのである。そして、そこには自国の昔話や童謡の品位の問題も関わっていた。

自然神話学の凋落

しかし、こうした思いつきともいえる神話論が馬脚を露すのに時間はかからない。インド人やインド＝ヨーロッパ語族が最古の人類集団でないことは世界各地での考古学的発掘で明らかになる。また、恣意的な自然現象としての解釈の繰り返しに人々も関心を失う。たとえば、ミュラーは、「トロイアの略奪とは、太陽の力によって毎日繰り返される東から西へのもっとも明るい財宝の略奪に過ぎない」（『言語科学講義』）と述べて、『イリアス』の描くトロイ戦争さえも太陽のアレゴリーとして説明した。

先に見たように、ミュラーが伝説を神話の堕落した形態と見なしていた以上、こうした解釈も必然的に生まれてきたのだろう。しかしハインリヒ・シュリーマン（一八二二―九〇）

や英国の考古学者アーサー・エヴァンズ（一八五一―一九四一）が、『イリアス』に基づいてトロイやミュケーネを発掘して成果をあげ、トロイ戦争が実際にあったと考えられるにいたったこの時代にあっては、ミュラーの自然神話学説は滑稽でしかない。そして当然のように、流行としてのインド゠ヨーロッパ語族研究や比較神話学は、ミュラーという一枚看板の死去によって急速に衰退し、顧みられなくなる。後に残ったのは、実態を欠いたパイオニアとしてだけの、学説史におけるかれの名前と功績の慇懃な列挙だけであった。

自然神話学と民俗学

自然神話学がまだ隆盛を誇っていた十九世紀後半、すでに新しい神話の見方の萌芽が興っていた。それは民俗学（フォークロア）である。この語自体は、一八四六年にイギリスの民俗学者ウィリアム・トムズ（一八〇三―八五）が民間の古くからの慣習の研究の名称としてすでに用いている。もっとも、比較神話学も民俗学も、まだ人文科学のすべてが混沌として未分化だったグリムの研究の中から分化して生じてきたものともいえるから、部分的には兄弟関係にある。

民俗学も進化論や起源論の立場を継承している。また、神話・伝説・昔話が本質的に同一であるという見方も共通する。ただ、民俗学は比較言語学との結びつきをもたず、語源解釈によって本質が解明できると考えない。また、インド゠ヨーロッパ語族を特権視して、その研究から人類全体の進化が明らかにできるとも考えない。そして神話が堕落した姿が伝説・

昔話であるとも考えないのである。

民俗学の考え方の基本はすでにグリムの時代、つまりはミュラーの時代にも存在した。しかし、自分たちのパラダイムの中でしか研究を行えなかったミュラーたち比較神話学者には、この異なるパラダイムは見えなかったのである。

マンハルト

ドイツの民俗学者ヴィルヘルム・マンハルト（一八三一―八〇）は、自然神話学と民俗学の二つの立場の中間に位置する人物といえるだろう。かれはグリムに学び、当初はミュラーの立場に共感をもっていたが、のちには批判的となった。

かれはミュラーの提示したインドとギリシアを中心としたインド＝ヨーロッパ語族の神々の名前の対応のうち、一部は正しいと認めたが、その他多くは、着想こそ豊かだが間違いとした。

そしてインド文化に独自かも知れない例を過大評価して、人類に普遍的な意味づけをしてしまうミュラーに対して懸念を表明する。そこには歴史の感覚が基本的に欠如しているし、それ自体意味が曖昧なヴェーダ讃歌をギリシア神話の曖昧な箇所の説明のために用いることは、歴史の進化の過程を無視するものだし、ギリシア、インドいずれの神話の文脈も無視しているると、ミュラーに対するマンハルトの評価は手厳しい（『古代における森と耕地の儀礼』）。

こうしたマンハルトの考え方の変化にはいくつかの理由が考えられるが、なかでも民謡・昔話・風習などの蒐集と分類が引き金となったと思われる。それはロマン主義の影響とも、ブルジョワ化の結果としての好事家の誕生とも無関係ではないだろうが、そうした蒐集と分類の結果として、広範囲に共通して見られる民衆文化の存在が認識された。かれはグリム兄弟にも見られるそうした傾向をいっそう推し進めて、ドイツ農民の収穫儀礼をフィールドワークによって記述し、同時代の風習から逆に古代の神話を読み解こうとした。それはフレイザーの人類学へとつながる道である。

タイラー

エドワード・B・タイラー（一八三二―一九一七）は、『原始文化』（一八七一）において、有名な「残存の原理」を唱えた。すでに滅び去った過去の慣習が、現代の農民のもとで本来の意味が忘れられ、形骸化した状態で残っているというのである。つまり生活様式がさほど変化していなければ、過去の生活が残存しているという考え方である。農民のもとでの子供の遊戯・諺・謎々・しきたり・民謡・昔話などがそうした例とされた。

奇妙な理解しがたい慣習こそが、かつての人類の太古の在り方を明らかにするという立場は、本来の宗教的な意味が忘れられたという見方において、「言語疾病説」と同じ論法である。しかし、タイラーとミュラーの見解にはそうした共通点より相違点の方がはるかに多い。祭司が独占的に伝えてきた神話よりも農民の伝える昔話に価値が置かれるし、言葉による伝承よりも祭りや儀式などの儀礼行為がより重視される。神話はもはや特権的テクストではなく、従属的な位置に追いやられ、代わって儀礼が優位を占めるのである。儀礼（行為）の神話（言葉）に対する優位は神話儀礼学派の先駆であり、奇妙な風習からの過去の再建とは、まさしくフレイザーが『金枝篇』で明らかにしようとした、ネミの森の王の物語に他ならない。

ラング

タイラーは直接にはミュラーを批判していない。自然神話学説を真っ向から批判したのはアンドリュー・ラング（一八四四―一九一二）である。ミュラーにとって、昔話は神話の零落したもので、神話こそが人類の過去を解明する特権的テクストであった。しかし、ラングは事実はその逆だと主張するのである。

このエッセイの目的は、ミュラー氏の見解の正反対こそが正しいと証明することにある。すなわち、メルヘンはより高級な神話の断片どころか、最も初期の形態なのである。また、カンニバリズム（食人慣習）・魔法・シャーマニズム・動物との婚姻・動物への変身などへの言及はメルヘンの方が伝説よりも多いのだから、より高級な叙事詩と内容が一致するなら、その多くの場合に神話よりもメルヘンの方がより古くて原始に近い形態を保持しているのである。メルヘンはインド＝ヨーロッパ語族に固有ではなく、フィン族・サモイェード族・ズールー族などにも見られる。つまりそれはアーリア人とかセム人といった区別が生じる以前の時代に存在していたと考えられるべきだろう。以下に示すように、これらの物語の超自然的な要素は、諸要素や自然の偉大な推移についての神話が堕落した形態としてよりも、動物崇拝や魔術の残存としてより説得的に説明できる。そしてもしそれが正しければ、曙と太陽の神話はもはや第一義的とは見なしがたくなる。そしてインド＝ヨーロッパ語族の宗教的想像力は、フェティシズム（呪物崇拝）の段階を通過したに違いないということになる。（「神話学とおとぎ話」『フォートナイトリー・レヴュー』）

ラングは、ミュラーと自然神話学派のもつ矛盾を巧みについているが、逆に今度は昔話を特権的テクストにしてしまっている。

第四章　フレイザーと『金枝篇』

生涯

次に、十九世紀型神話学者のもう一人の例として、サー・ジェイムズ・フレイザーを検討することにしよう。フレイザーは一八五四年にスコットランドのグラスゴーに生まれた。六九年にグラスゴー大学に入学してギリシア・ラテンの西洋古典学を学び、さらに七四年にはケンブリッジ大学トリニティー・カレッジに進学して、研鑽を積んだ。そしてその後の人生のほとんどすべてをフェロー（特別研究員）としてケンブリッジで過ごすことになる。ただし一九〇七年は例外である。この年フレイザーはリヴァプール大学で、世界で最初に社会人類学と名づけられた講座の教授となっている。しかし、生来恥ずかしがり屋で人前で話すことを好まなかったかれは、この職に嫌気がさし、わずか一年で退職して、もとの特別研究員に戻ってしまった。

古典学者であったフレイザーが人類学に興味をもつきっかけとなったのは、タイラーの『原始文化』を読んだことにある。また、一八八四年セム語学者スミスと出会い、儀礼や旧約聖書への関心も深めていった。そして一九一四年には、『金枝篇』をはじめとする膨大な研究業績によってナイトの称号を叙されている。長年にわたる目の酷使のため、晩年には盲目となった。そして、第二次大戦中の一九四一年、ケンブリッジで八十七歳の生涯を閉じた。

『金枝篇』

フレイザーといえば、大著『金枝篇』*The Golden Bough* の著者として有名である。『金枝篇』初版は「比較宗教学研究」*A Study in Comparative Religion* という副題を添えて、一八九〇年にまず二巻で出版され、一九〇〇年には三巻目が加わり、第二版となった。なおこれから以降の版では、副題は「呪術と宗教の研究」*A Study in Magic and Religion* と改められている。

さらに一九一一年には十一巻の第三版へと大幅に増補され、そして一四年には索引・文献目録の十二巻目が加えられた。その後もフレイザーは資料の蒐集に努め、三六年に補遺巻を上梓して、全十三巻の最終決定版とした。当然ながらこの膨大な著作には簡約版が強く求められた。そこで、二二年には骨子を残して例証を削減した一巻本が出版された。五分冊になっている岩波文庫の永橋卓介訳は、この一巻本の翻訳である。

『金枝篇』のきっかけは、イタリア、ローマの南東約三十キロにあるネミ湖の湖岸で古代ローマ時代に行われていたという奇習を説明することであった。この湖岸には女神「森のディアーナ」に捧げられた聖なる森と聖所があり、「ネミの祭司」とか「アリキアの祭司」と呼ばれる人物がいた。しかしこの祭司は普通私たちがもつ祭司のイメージとはまったくかけ離れていた。その地位を守ることは命がけだったのである。それについては、フレイザー自身に語ってもらうとしよう。

この聖なる森の中にはある一本の樹が茂っており、そのまわりをもの凄い人影が昼間はもとより、多分は夜もおそくまで徘徊するのが見うけられた。手には抜身の剣をたずさえ、いつなんどき敵襲を受けるか知れないという様子で、油断なくあたりをにらんでいるのであった。彼は祭司であった。同時に殺人者でもあった。いま彼が警戒をおこたらない人物は、遅かれ早かれ彼を殺して、その代りに祭司となるはずであった。これこそこの聖所の掟だったのである。祭司の候補者は、祭司を殺すことによってのみその職を継承することができ、彼を殺して祭司となった暁には、より強く更に老獪《ろうかい》な者によって自分が殺されるまでは、その職を保つことを許されるのである。

この不安的な享有権によって彼の保つ地位は、王の称号をも併せ有していた。（永橋訳、第一章「森の王」）

またそれに続く箇所では、この奇習を解明するための著作が、『金枝篇』と名づけられた理由も述べられている。

ネミの［森の］聖所の神域には一本の樹があって、その枝は一本も折りとることを許されなかった。ただ逃亡して来た奴隷だけが、もしできるなら、それを一本だけ折りとることが許されるのであった。この企てに成功すれば、かの祭司と一騎討ちをする資格が与えられ、相手を殺すことができたならば、ここに「森の王」（Rex Nemorensis）の称号を帯びて、代りに治めることになる。古代人の一致した意見によれば、この運命の枝こそアイネーイスが死の世界へ冒険旅行を試みたとき、巫女《みこ》の命令で折りとったところの、あの「金枝」（The Golden Bough）にほかならなかったのである。

たしかに奇習である。なぜ、フレイザーはこれに注目し、それについて読み通すのはほとんど不可能に近い分量の大著を書くことになったのだろうか。その理由は上記二つの引用の中間部分に述べられている。

この祭司職の奇妙な規定は、古典古代のギリシヤやローマにはその例を見ることができず、従ってそこから説明することはできない。説明のための資料を見出すためには、更に遠くの世界におもむかねばならない。（中略）その慣習の解明の希望をわれわれに抱かせるものは、その素朴さと野蛮性そのものである。（中略）人間の初期の歴史に関する近代のいろいろな研究は（中略）人間の心が最初の素朴な人生哲学を考え出したところの、根本的類似性を明らかにした（中略）たとえばネミの祭司職に関するものと同じ野蛮な慣習がどこか他の世界にもあったことを示すことができるとすれば、また、もしそのような制度をつくり出した動機を探りあてることができるとすれば、更にまた、この動機が広く、おそらくはあまねく人間社会に働いて、種々異なった環境のもとに大同小異の制度をつくり出していることを説明することができるとすれば、（中略）ここに初めて、これと同じ動機が測り知られぬ昔ネミの祭司職を制定したことを明確に結論することができるわけである。

祭司王

フレイザーは、このネミの森の王と呼ばれる祭司に、王＝祭司であった人類最古の段階を見ている。人々の頂点に立つ王とは同時に神と人間を媒介する祭司でもあり、さらに神でも、呪術師でもあったというのである。

王が尊崇されるのは、多くの場合ただ祭司として、すなわち人間と神の仲保者としてだけではなくて、彼自身が神であり、人間がとうてい企及することのできないところの、そして超自然的で不可視の存在に対し犠牲《いけにえ》を供えることによってのみ得られると普通は信じられている祝福を、その民と礼拝者に与える者だとの理由にもとづくものである。たとえば、王はしばしば農作物を生長させるため、適当な季節に雨を降らせたり日を照らせたりすることなどを期待される。このような期待はわれわれには滑稽に見えるが、思惟の原始的様式から言うと全く真剣なものである。（中略）原始社会では、王は祭司であると同時に、しばしば呪術師でもあった。（第二章「祭司王」）

またかれは別の箇所で、「高等な思惟への動きというものは、それを辿り得る限りにおいては、全体として、呪術から宗教を通して科学へ向かっていると結論せざるを得ないようである」（第六十九章「ネミよさらば」）と述べている。

王―祭司―呪術師が一体であった原始の時代とは、呪術↓宗教↓科学という進化の三段階のうち、呪術段階に相当する人類の原始時代と考えられているのだ。フレイザーは、この呪術段階では類似は類似を生むという「共感呪術」が信じられていたと説く（第三章「共感呪術」）。つまり王―祭司―呪術師が活力に溢れていれば、それが自然の運行に影響して自然の豊穣や社会の安定をもたらすと信じられていたというのである。

これは換言すれば、王―祭司―呪術師の病気や老化が自然や社会の衰退や滅亡につながると信じられていたということである。その結果、王―祭司―呪術師が老いたり病気になると、かれを殺害して活力に溢れた若者を新しい王に選ぶ風習があったとフレイザーは推理する（第二十四章「神聖な王の弑殺」）。かれの考えでは、ネミの森の王の奇習とは太古の呪術段階に行われていた「王殺し」（regicide）の名残りに他ならない。

神話と儀礼

このようにフレイザーによれば、呪術段階の人類は自然の豊穣や社会の安定が王―祭司―呪術師の活力に依存していると考え、その活力が衰えて自然や社会の衰退や滅亡を招かないように王殺しの儀礼を行っていたということになる。また、かれは民俗学者マンハルトやセム語学者スミスの影響を受けて、儀礼と神話は密接な関係にあると考えた。つまり王殺しの儀礼があるなら、それと関係する神話もあると考えたのである。

ところで、神話が問題になるならば、話はもはや純粋な呪術段階のことではなくなってくる。純粋な呪術段階に「神」は存在しないし、したがって「神話」も存在しないはずだからだ。しかしまた、それは純粋な宗教の段階でもない。フレイザーのいう宗教段階とは、典型的にはキリスト教的一神教の段階だからだ。つまりフレイザーにとって、神話の段階とは呪術段階を脱しつつも、まだ一神教に代表される典型的な宗教段階にはいたっていないような、呪術段階と宗教段階の中間状態・移行期であるらしいのだ。

こうした曖昧さは『金枝篇』のあちこちに認められる。たとえば『金枝篇』の副題は「呪術と宗教の研究」であるし、第一版序文では『金枝篇』は「原始的信仰と宗教にかんする総合的な著作」と呼ばれ、また「原始的宗教」とか「アーリア人の原始的宗教」という表現も散見する（なお第二章でも述べたように、「アーリア人」という十九世紀的表現は、現在の用語でいえば「インド＝ヨーロッパ語族」である。しかし「アーリア人」という場合には単なる言語の共有だけでなく、人種の同一性も含意されている。ナチス・ドイツが自らの優秀性を主張するのに用いた用語でもある。現在ではインド＝ヨーロッパ語族の人種的同一性は否定されており、「アーリア人」という表現は用いられていない）。

フレイザーは呪術―宗教―科学の三段階による進化論図式を考えているが、それを厳密に適用しようとしているわけではない。かれにとっては、科学の時代である現在と異なる太古の始源の時に、人類がどのような考え方や行動をしたかが問題なのであって、それを厳密に区分することはかれの関心外であった。

「死んで甦る神」の神話

フレイザーが注目した神話とは、「死ぬ神」あるいは「殺される神」(dying gods)である植物神・樹木神の神話であった。普通、神は死なないはずだ。その死なないはずの神々が殺されたり死んだりする神話があるのはなぜだろうか。

ここでフレイザーが王―祭司―呪術師は「彼自身が神であり」(上掲、第二章「祭司王」)としている点に注意してほしい。年老いて衰弱した王が殺害され、若くて活力に満ちた新しい王が取って代わるという風習が存在したと想定するフレイザーにとって、植物を象徴すると思われる神が殺されたり死んだりする神話とは、毎年繰り返される植物の枯死と再生を象徴するものと思われたのである。事実、ネミの森の祭司は「森の」王と呼ばれていた。

しかしフレイザーは、植物神の死の神話とはその裏面に新しい神としての再生を含んでいると考えた。つまり「死ぬ神」とは「死んで甦る神」(dying and rising gods)だというのだ。そうした死と再生を繰り返す植物神の典型的な例として、フレイザーはギリシアにおけるアドニス、ディオニュソス、デメテルとペルセポネの母娘のペアや、小アジアのアッティス、エジプトのオシリスなどを挙げている(二十九〜四十四章)。

マンハルトの神話研究

マックス・ミュラーの章で述べたように、ドイツの民俗学者ヴィルヘルム・マンハルト（一八三一―八〇）は当初、ミュラー的な自然神話学から研究を開始したが、しだいに懐疑的となった。ヨーロッパの農民の伝承、わけても収穫儀礼に関する信仰と儀礼を蒐集しはじめたかれは、そうした伝承を『ライ麦狼とライ麦犬』（一八六五）、『穀霊』（一八六八）、『ゲルマン人とその近隣種族における農耕儀礼』（一八七五）、『古代における森と耕地の儀礼』（上下、一八七五、七七）などとして刊行していく過程で、農民の信仰が古代ギリシアのエレウシスの密儀の神話であるデメテルとペルセポネ母娘神の神話の内容ときわめて類似していると感じるにいたる。そこでかれはヨーロッパ農民の信仰は古い神話要素を残しているのではないかという観点から、『神話学研究』（一八八四）を著した。

フレイザーは、古い神話要素が現代のヨーロッパの農民のもとにも残っているし、そこから人類の古い神話を再建する手がかりが得られるという考えを、マンハルトから学んだのである。この点についてフレイザーは、『金枝篇』第一版序文で次のように述べている。

原始的アーリア人は、その精神的素質と組織について言えば、絶滅してはいないのである。彼は今日なおわれわれの間にいる。教養ある世界を革新した知的道徳的なもろもろの大勢力は、ほとんど全く農民を変えることができなかった。（中略）この意味から、アーリア人の原始宗教に関するすべての研究は、農民の信仰と慣習から出発するか、あるいは少なくとも彼らに関する事どもによって常に指導され、それを参考にすべきものである。(中略)かの古代イタリアの祭司職の意義と起源とを論じるにあたって、近代ヨーロッパの信仰と慣習とに大きな注意を払ったのは、全くこの理由にもとづくものであった。問題の部分については、故マンハルトの諸労作におうところ絶大であって、それがなかったなら事実私のこの著作は決して書かれ得なかったであろう。

セム語学者スミス

しかし、そのマンハルト以上にフレイザーが影響を大きく受けたと公言しているのが、セム語学者ウィリアム・ロバートソン・スミス(一八四六―九四)である。再び第一版序文から引用しよう。

マンハルトに負うこと以上のとおりであるが、わが友W・ロバートソン・スミス教授には更に多くのものを負うている。(中略)私のこの著作の中心命題――すなわち殺される神の概念――は、じじつ直接にわが友からひき出されたものと私は信じている。

スミスはスコットランドのアバディーンで独立長老教会の牧師の家庭に生まれ、アバディーン大学を経て、エジンバラ大学で勉強する。この間、ドイツに滞在し、ドイツの聖書研究に接した。一八七〇年にエジンバラ大学を卒業すると、ただちに二十三歳の若さでアバディーンの独立長老教会大学でヘブライ語と旧約聖書解釈学の教授となった。しかし、かれが導入を試みたドイツ流の聖書高等批評は教会の教えに背くとして厳しい批判を浴び、その結果七七年には教授の地位が凍結される。

教会に対しての弁明の最中の七八年、スミスは中東へ旅行し、カイロからナイル河、そしてパレスチナ、シリアをめぐった。翌年には今度はアラビア半島西部に六ヵ月の長期調査を行い、アラビア語も習得した。生涯書斎を離れることのなかったフレイザーとは対照的に、スミスは旧約聖書の地ばかりでなく、その背景とかれが考えたセム語族の世界を実地に見聞している。こうしてかれは聖書学者、セム語学者であると同時に、人類学者と呼ばれるにふさわしくなる。

アラビアから帰国後の八一年、ついにスミスは異端の宣告を受けて、アバディーンの教授職を解雇される。かれはすでにアバディーンにいた頃から『エンサイクロペディア・ブリタニカ』第九版に寄稿していたが、これを機に副編集者に就任してさらに健筆をふるうことになる。また八三年にはケンブリッジ大学からアラビア語の助教授（reader）として招かれ、八九年から九四年に亡くなるまでは教授の地位にあった。

フレイザーがスミスと知り合うのは八四年、ケンブリッジでのことである。そして亡くなるまで、スミスはフレイザーのいちばんの親友であった。スミスは、人類学に関心はもっていたがまだ古典学者であったフレイザーに対して、『エンサイクロペディア・ブリタニカ』

への寄稿を求めた。スミスがフレイザーに依頼した項目の中には、ギリシア・ローマ関係に交じって「タブー」と「トーテミズム」があった。これが古典学者であったフレイザーが人類学へと本格的に取り組む契機となり、やがて『金枝篇』の誕生にもつながっていくのである。

しかし、『金枝篇』に与えたスミスの影響はもう一つあった。スミスの最後の著書『セム族の宗教』(一八八九)である。上述のフレイザー自身の言葉にもあるように、「殺される神」の概念はこの本から示唆を得たものである。また、神話と儀礼の関係についてフレイザーが考えるうえでも大きな影響があったことは、次の『セム族の宗教』の「第一講 緒論――主題と方法」中の〈神話と儀典〉の部分からの引用でも明らかであろう(引用は岩波文庫版の永橋訳によるが、一部表現を改めた)。

〈神話と儀典〉古代宗教のすべてにおいては、神話が教義の位置を占める。すなわち、祭司たちと民衆との神聖な説話は、それが宗教的活動の遂行にたいする単なる規定のようなものを内容としない限り、神々に関する説話の形をとる。(中略)しかし、厳密にいって、神話は、古代宗教の主要部分ではない。(中略)神話は、単に礼拝の要素の一部にすぎない。それは、想像を刺激し、礼拝者の関心をつなぐ務めをするのである。(中略)ある一連の神話を信じることは、真の宗教の一部として、義務的にそうしなければならないというのでもなく、また、それを信じることによって、宗教上の功徳をつみ、そして神々の好意をとりむすぶことができると考えられているのでもない。義務的なこと、そしてまた功徳的なことは、宗教的伝統によって規定されているある種の神聖な行動の、正確な遂行にほかならないのである。それゆえ、古代宗教の科学的研究において（中略）神話は重要な位置を占めるべきではない、といわねばならない。神話が、儀典の説明を内容としている限り、その価値はまったく第二次的である。そして、ほとんどすべての場合において、神話が儀典から引き出されたのであって、儀典が神話から引き出されたのではないと、確信をもって断言することができるのである。なんとなれば、儀典が固定的であったのに対し、神話は可変的であり、儀典が義務的であったのに対し、神話は礼拝者の任意とされたからである。（中略）結論は、古代宗教の研究に際して、神話から出発してはならず、儀典と伝統的慣習とから出発しなければならないということである。（中略）儀典から分離した神話は、疑わしくて捉えどころのない証拠を与えるだけである。

もちろんここでは、スミスがマックス・ミュラーの自然神話学を念頭に置いて発言していることを忘れてはならない。神話ばかりが重視され、儀礼が軽視あるいは無視されてきた当時の状況を批判しているのだ。まず儀礼や慣習から出発すること、あるいは儀礼や慣習との結びつきを失った神話は研究に値しないということとは、換言すれば神話と儀礼の密接な関係を認識すべしという主張である。むしろここでは、神話よりも儀礼が優先するという「神話儀礼説」と理解しておくのがよいかも知れない。

ただし、フレイザーは必ずしもスミスのように儀礼が神話に優先するとは考えていなかったらしい。かれは儀礼と神話が同じ観念を動作と言葉という異なる媒体によって表現すると考えたが、まず儀礼があって、その説明として神話が成立したとまでは明言していない。その点でかれは、大きな影響を受けたスミスとも、以下に述べる「ケンブリッジ・グループ」の古典学者たちとも一線を画している。

供犠論

『セム族の宗教』にはフレイザー以外の学者たちに継承された要素もある。それは儀礼の中でも供犠についての見解である。スミスは供犠とくに動物供犠を中心とする祭儀において、高揚した気分が神と人間の一体感をもたらし、また共同体の成員間にも一体感をもたらすとして、宗教の公的・社会的・集団的性格を次のように強調している。

古代宗教の最も重要な機能は、全共同社会が共通の感情によって奮起させられる公的な場合のために保留された。そして農耕民族においては、(中略)宗教的愉悦と農耕的愉悦との一致合体は、それが人々の恒久的世界観と完全に調和しなくなったずっと後までも、古い礼拝の形態を存続させる助けとなるのである。さらに最古の宗教的祭礼を特徴づけた馬鹿騒ぎの歓楽が、礼拝の行動それ自体によって育成されたことを記憶しなければならない。

礼拝群衆の熱心さは純粋であった。人々はその神への感謝的確信の常習的感情に自由なはけ口を与えるために聖所に集いきたり、人々がともに歓べば今でもするように、ともに食い飲み楽しむというまったく自然な方法でかれら自身をあたため興奮させたのである。我々は礼拝の行動のうちに、最も純粋な形態として表現された宗教的理想を発見することを期待するので、その儀典が躁宴において最高潮に達する宗教の型を容易に思いうかべることはできない。

礼拝のあらゆる完全な行動（中略）は公的あるいは半公的性格をもっていたということができる。（中略）あらゆる礼拝の行動は、人は自分自身のためにのみ生きずして、同胞のためにも生きるとの観念を表し、また社会的利益のこの共同こそ神々のしろしめすところの、そしてかれらが確実な祝福を与えるところの領分であるとの観念を表したのである。（中略）かれ〔人〕はその同胞とともに食い飲みするため、共同社会の一員として受けられたのであり、礼拝の行動はかれとその神の間の絆を固めると同じ程度において、同時に共通の信仰を抱くかれとその同胞の間の絆をも固めるのである。（第七講「初穂、十分一税、供犠饗宴」中の〔古代宗教の歓喜的性格〕、〔躁宴的宗教〕、〔宗教における社会的要素〕の箇所よりそれぞれ引用。一部表現を改めた）

こうしたスミスによる宗教の集団的性格やそこで供犠が果たす役割の重要性の指摘は、フレイザーには継承されず、かえってフランス社会学派の創始者エミール・デュルケーム（一八五八―一九一七）に大きな影響を与えた。たとえば、デュルケームの代表的著作『宗教生活の原初形態』（一九一二）では、宗教は次のように定義されている。

宗教とは、神聖すなわち分離され禁止された事物と関連する信念と行事との連帯的な体系、教会と呼ばれる同じ道徳的共同社会に、これに帰依するすべての者を結合させる信念と行事である。（中略）宗教とは著しく集合的な事象でなければならない（後略）。（第一編「前提問題」第一章「宗教現象と宗教との定義」四）

こうした考え方がスミスに影響されたものであることは、デュルケーム自身も認めている。そしてこうした宗教・神話（＝信念）・儀礼（＝行事）の集合的性格の認識は、デュルケームからマルセル・モース、さらにはデュメジルへと引き継がれていく。

キリスト教批判

『金枝篇』は三つの方面に影響を残したように思われる。一つは宗教的なものでキリスト教批判、二つ目は学術的なもので「神話儀礼説」への刺激、そして三番目は文学的な影響である。

フレイザーは教会の礼拝にはこまめに参加していたが、しかし内心は無神論者であったらしい。人類が呪術↓宗教↓科学へと進化すると信じていたかれは、科学の時代にあってはキリスト教もまたすでに時代後れの産物であると見なしていたのだ。かれは「死んで甦る」神々の例としてタンムズ、アッティス、アドニスなど東地中海域の神々を挙げているが、同じ地域から誕生したキリスト教については、十字架にかけられて復活したというイエス・キリストの伝承のルーツもそこにあったとは述べていない。ただし次のようにその可能性は匂わせている。

カトリック教会が、いかにしばしば異教の古い幹に新しい信仰を接枝しようと巧みにくふうしたかを考え合わせるとき、死して再び甦ったキリストの復活祭が、(中略)同じ季節にシリアで祝われた同様に死してまた甦ったアドーニスの祝祭に接枝されたものではなかったかと考えられるのである。(中略)主キリストの伝説上の生誕地ベツレヘムは、更にいっそう古いシリアの主すなわちアドーニスの森が蔭をなしており、嬰児イエスの泣いたところはウェヌスの愛人〔アドーニス〕が嘆かれたところである。(中略)もしアドーニスが穀物の霊であったとするならば、彼の棲家の名としてベツレヘムすなわち「パンの家」にも増して適当なものを発見することはできず、彼はその「パンの家」において、「われは命のパンなり」と言ったキリストの生誕の遥か前の時代から礼拝されていたであろう。(第三十三章「アドーニスの園」)

言葉自体は攻撃的ではないが、完全無欠とされていたキリスト教に対して、その起源は呪

図２　ミケランジェロ「ピエタ」（ヴァチカン市国，サン・ピエトロ大聖堂蔵）

術から発した異教にあるといっているのだから、内容は過激で攻撃的である。実際『金枝篇』の読者からは、キリスト教の本当の姿が分かったという激励の手紙が数多く寄せられたという。

また上記の引用で、アドニスが「ウェヌスの愛人」と呼ばれている点も注目される。それは、死んで甦る植物神は大部分が若い男神であり、そのいずれもが大地母神的な女神の愛人あるいは配偶神とされているからである。アドニスはアフロディテ（ウェヌスはそのローマ名）とペアをなし、同様にタンムズはイシュタルと、アッティスはキュベレとペアをなす（二十九〜三十六章）。植物が大地から発芽し、生長し、枯れて、再び甦る様子から、若い男神と大地母神的女神のペアを構想するのは自然であろう。

これについてもフレイザーはキリスト教との類似に注意を喚起している。比較されているのは、死の間際にあるイエスを抱いたマリア像、いわゆるピエタ像である。「死に行く恋人をその腕に抱いた悲しみの女神の型は、サン・ピエトロにおけるミケランジェロの手になるものを最も有名な例とするキリスト教芸術のピエタ、すなわち神なる息子の骸をその膝に置く聖母に似ており、実はそのモデルではなかったろうかとさえ考えられるのである」（第三十三章「アドーニスの園」）。（図2）

ケンブリッジ・グループ

『金枝篇』でのフレイザーの儀礼重視の立場をさらに進めて、神話の儀礼起源を唱えた古典学者の一団がいた。ジェーン・エレン・ハリソン（一八五〇―一九二八）、フランシス・M・コンフォード（一八七四―一九四三）、それにオックスフォード大学のギルバート・マリー（一八六六―一九五七）らである。その多くがフレイザーと同じケンブリッジ大学に所属していたことから、かれらは「ケンブリッジ・グループ」と総称された。

ギリシア・ローマ人も「未開人」とさほど変わらない無知蒙昧の段階を有していたとする

『金枝篇』の考え方は、それまで疑問ももたれてこなかった西洋文化の母体としての偉大なギリシア・ローマ像に一大打撃を与えた。これに力を得て、自分なりのギリシア像を描こうとしたのが「ケンブリッジ・グループ」の中心であった女性学者ハリソンである。

彼女はケンブリッジ大学が受け入れた最初の女子学生の一人であったが、オリュンポスの神々に代表される、理知的で、明朗で、静粛なギリシア宗教像に飽き足らず、その背後には『金枝篇』に見られるような、非合理で、野蛮で、血なまぐさい前段階があったと想定した。

そう考えた背景には、上品ではあっても依然として男性優位であったヴィクトリア朝英国への個人的不満があり、その仮面を剝がしたいという願望があったらしい。しかしいずれにせよ、自らの思想を証明するために、彼女はスミスやデュルケームに倣って、神話よりも儀礼の方が先行したという「神話儀礼説」を主張し、オリュンポスの神々の神話は死者の霊を慰撫する呪術的な儀礼から進化したものであると証明しようとした。こうして『ギリシア宗教研究序説』(一九〇三)が書かれた。

また彼女は、フレイザーが原初的な神格として死んで甦る穀霊を想定したことにも共鳴し、さらにスミスやデュルケームらの唱えた宗教の集合的・社会的性格の考え方にも共鳴した。ハリソンの考えによれば、宗教や神話を生み出したのは、そうした死んで甦る植物神・樹木神に対する集団の儀礼だった。そして彼女は『テミス――ギリシア宗教の社会的起源の研究』(一九一二)を著し、そうした穀霊的神を「年神」(eniautos daimon)と呼んだ。彼女の見解では、「年神」の典型はブドウ酒とブドウ樹の神ディオニュソスである。また、英雄の観念も「年神」から生じたと見なされた。こうした「年神」の儀礼は宗教のみならず、古代ギリシアにおけるその他の風習の母体にもなったとハリソンは主張した。

『テミス』には、そうした彼女の考えに共鳴した他の「ケンブリッジ・グループ」の面々も論考を寄せている。マリーは「ギリシア悲劇に残る儀礼形式についての補説」において、ディオニュソスの祭りで上演されたギリシア悲劇は、元来は「年神」ディオニュソスの再生を祝う儀礼に起源を有すると唱え、またコンフォードは「オリンピック競技の起源」において、オリンピックが「年神」儀礼から発生した英雄供養の儀礼に源泉をもつと主張したのである。

また、中世文学者ジェシー・L・ウェストン（一八五〇―一九二八）は、『祭祀からロマンスへ』（一九二〇）において、アーサー王伝説の一部をなす聖杯伝説の儀礼起源を提唱した。

聖杯伝説は、キリストが十字架刑になったときにその血を受けるのに用いられた聖杯(the Holy Grail)をアーサー王の騎士たちが探し求めるという内容をもつ。主人公の騎士は伝承によってガウェイン、パーシヴァル、ガラハドと異なっているし、聖杯の探求が成功する場合も失敗する場合もある。しかしいずれの場合でも、主人公は荒地(the Waste Land)において、漁夫王(Fisher King)に出会うのである。王は負傷・病・老齢などいずれかの理由で死の床にある。そしてこの王の衰弱と大地の荒廃を救い、王と大地に若々しい活力と麗しさを回復させるものが聖杯なのである。ウェストンはこうした筋書きが『金枝篇』での「死んで甦る神」のパターンと一致するとして、かつて大地の豊穣を祈願して行われていた儀礼の記憶が聖杯伝説に残されていると考えたのである。

文学への影響

文学においても、「死んで甦る王」のイメージは二十世紀英国の作家たちに大きなインスピレーションとなった。そこにはおそらく、第一次世界大戦で荒廃したヨーロッパの再生を願う気持ちもあったのであろう。それがもっとも鮮明に出ているのは、T・S・エリオット（一八八八―一九六五）の長詩「荒地」*The Waste Land*（一九二二）である。いうまでもなく、タイトルは聖杯伝説から採られているし、エリオット自身もこの詩の多くの部分がウエストンとフレイザーに触発されたものであると認めている。

また『金枝篇』は、エリオットの他にも、ウィリアム・バトラー・イエイツ（一八六五―一九三九）、D・H・ローレンス（一八八五―一九三〇）、ジェイムズ・ジョイス（一八八二―一九四一）といった英国やアイルランドの作家たちにも大きな影響を与えている。

日本への影響

フレイザーと『金枝篇』は、二つの点において、日本にも影響を与えた可能性がある。一つは天皇制を外部から見る目を与えたらしいこと。第二には、日本民俗学が「小さ子の物語」という見方を構想する刺激となったらしいことである。

フレイザーは、ネミの森ばかりでなく、世界中の「未開社会」では、祭祀王の生命と活力に集団や世界の存亡がかかっていると信じられていたと指摘した。権力の頂点にある人物が集団の生死の鍵を握っており、あらゆる犠牲を払ってでも、その存在は守られねばならないとする信仰は、近代日本の天皇制に共通するものだろう。フレイザーを読んだ日本の知識人が「未開人」の呪術・宗教世界を天皇制と重ね合わせたことは十分に考えられるのではないだろうか。

もちろん、『金枝篇』の簡約本の翻訳は戦後（一九五一）のことであり、英語で読んだ読者がどれほどいたかは疑問である。しかし、フレイザーの著作としては、『サイキス・タスク（俗信と社会制度）』（一九〇九）が永橋訳で岩波文庫から太平洋戦争開始以前（一九三九）に出版されている。作家の丸谷才一（一九二五―二〇一二）は、『忠臣藏とは何か』（一九八四）の「あとがき」で、「中学生のころフレイザーの『サイキス・タスク』を岩波文庫で読んで、それによつて得た知識とものの見方で当時の天皇崇拝の風潮に内心ひそかに抵抗した」と述べている。かれだけが例外だったのではあるまい。

次に第二の点だが、民俗学者柳田國男（一八七五―一九六二）が『金枝篇』の十三巻本を精読していたことはよく知られている。柳田は『桃太郎の誕生』（一九三三）において、桃太郎や瓜子姫など水辺で異常な誕生をする「小さ子」の伝承に注目した。そしてそうした子供の背後には水の世界と関連する母神の信仰、つまり「海神少童」とその母神というペアに対する「母子信仰」があったらしいと説いたのである。

また、民族学者の石田英一郎（一九〇三―六八）はこうした柳田の問題意識を継承し、

「桃太郎の母」(一九四八)や「穀母と穀神」(一九五五)などを著した(『桃太郎の母』所収)。石田は柳田が日本の昔話に限定して論じた問題の範囲を世界規模に拡大して比較して論じたのである。

柳田は外国語文献からヒントを得た場合でも述べないのが普通だから、「母子信仰」の考え方がフレイザーに影響されたものかは不明である。しかし、その可能性は高いだろう。その点、石田はよりフランクで、上掲『桃太郎の母』のあとがきでは、「私のこの種類の研究には、いわば《フレイザー的》な傾向が多分に感ぜられるかと思う」とフレイザーからの影響を認めている。

人類学者フレイザー

ブロニスラフ・マリノフスキー(一八八四—一九四二)がメラネシアのトロブリアンド諸島で長期にわたる調査を行って以来、現代の人類学者は実際にフィールドに出かけて現地調査をするのが当たり前のことになってきている。現地に赴くことなく書斎に留まって、世界各地からの報告を断片的につなぎ合わせて人類の精神的発展の壮大な見取り図を描こうとしたフレイザーは、十九世紀型の「安楽椅子人類学者」という蔑称も受け、現代の人類学にはかれの研究の影響はほとんど見られない。

マリノフスキーは『金枝篇』を読んで人類学を志したのであり、トロブリアンド島にあってはフレイザーと頻繁に手紙をやりとりし、その手紙によって励まされたことも少なからずあったが、遺著『文化の科学的理論』（一九四四）に収められたフレイザー追悼文「ジェームズ・ジョージ・フレイザー卿」（一九四二）では、「フレイザーはイギリスの古典的な人類学を代表する最後の人であった。（中略）フレイザーは、実用的でない学問をまだ悠然とやることができた時期に、成長し、自分をのばし、仕事をした」と冷静に、しかし断固としてかれを過去の存在と位置づけている。

たしかに文脈を無視して類似した現象を一まとめにして壮大な見取り図を示すフレイザーのスタイルは、現代の洗練された人類学とは無縁なものかも知れない。しかし、フレイザーが人類のあらゆる慣習に興味をもち、その理由を明らかにしたいと願っていたことは事実である。そうした点からすれば、かれは依然として人類学者と呼ばれる資格があるだろう。

しかし、そうした世界的規模での諸民族への関心にもかかわらず、フレイザー自身の言葉によれば、最終的にかれが目指していたのは、「アーリア人の原始宗教」の解明だった。マックス・ミュラーのように限定された資料のみを対象とせず、広く世界中の信仰、風習を比較したフレイザーでも、その心の故郷はやはり自らが属すると感じていたインド＝ヨーロッパ語族であったことは皮肉である。

第五章　デュメジルと「新比較神話学」

生涯

十九世紀型神話学と二十世紀型神話学の分水嶺に位置すると思われるのが、フランスのジョルジュ・デュメジルである。かれはインド＝ヨーロッパ語族の比較神話学者だが、同時に非インド＝ヨーロッパ語であるコーカサス諸語の世界的権威でもあった。

デュメジルは一八九八年パリに生まれた。父は軍人で、のちに第一次大戦では将軍となった。幼い頃から神話と言語に魅了され、独力でサンスクリットをはじめとする諸語を学んだデュメジルは、リセ（国立高等中学校）時代に、コレージュ・ド・フランスの比較文法講座の初代教授で、マックス・ミュラー流の比較神話学研究も行っていたミッシェル・ブレアル（一八三二―一九一五）に会う機会を得た。そしてかれの後任であるアントワーヌ・メイエ（一八六六―一九三六）のもとで学ぶよう勧められたのである。

一九一六年、デュメジルはフランスのエリート養成機関であるエコール・ノルマル・シュペリウール（高等師範学校）に首席で入学するが、第一次大戦のためほどなく動員され、一九年にようやく復学した。同年教授資格試験に合格、翌年にはリセの教員としてパリ北部の都市ボーヴェに赴任した。しかし、リセの教師は肌に合わず、半年で辞任し、パリに戻ってアルバイトをしながら勉学をつづけた。二一年、ポーランドのワルシャワ大学に初代のフランス語講師として赴任。このはじめての外国生活も肌に合わず、また博士論文のプランを最終的に決定できたこともあって、半年で辞職して再びパリに舞い戻り、博士論文を執筆し、二四年には博士号を授与された。主論文は『不死の饗宴』、そして副論文は『レムノス島の女たちの犯罪』である。

しかし、マックス・ミュラーの比較神話学に対しての疑念が強かった当時のフランスでは、デュメジルの研究はあまり評価されず、フランス国内では教授職を見つけられなかった。このため、デュメジル自身の言葉によれば「本当はゲルマン語を習得するために北欧に行きたいと思っていた」のだが、北欧には適当な職がなく、やむをえず二五年にはイスタンブール大学に新たに開設された宗教学の教授としてトルコに赴任し、三一年まで留まった。この時期、資料不足のためかれのインド＝ヨーロッパ語族比較神話学研究は一時的に中断を余儀なくされたが、共産主義化したロシアから逃れてきたコーカサス人たちと知り合いになり、その言語や伝承の蒐集に精力を傾倒することになる。

インド＝ヨーロッパ語族研究への関心をもちつづけていたデュメジルは、ウプサラ大学で職があると知ると、三一年にはスウェーデンに移り、三三年まで同大学でフランス語講師を務めながら、現代北欧諸語や北欧神話の言語である古代ノルド語を学んだ。

三三年、恩師の一人であるインド学者シルヴァン・レヴィ（一八六三―一九三五）の推挙によって、高等研究院の宗教学部門で「比較神話学」の講座の講師に任命され、フランスに帰国する（のちに講座名は「インド＝ヨーロッパ比較神話学」と、より実態に即したものに改められる）。そしてすでに著作には親しんでいたが、実際に面会したことがなかった中国学者で、フランス社会学派の一員でもあったマルセル・グラネ（一八八四―一九四〇）をはじめて訪れた。このとき、デュメジルはグラネから厳しい批判を受けたが、同時にこの人物に大きな魅力を感じ、それから二年間、東洋語学院で行われていたグラネの中国古典の講義に出席した。

三五年、デュメジルは教授に昇格し、六八年に定年退官するまでその地位にあった。しかしその間、三九年から四〇年まで第二次大戦に徴兵され、またフランスがドイツに占領されていた四一年から四二年には、三六年から三九年までフリーメイソンに所属していたことが問題とされ、ドイツの傀儡政権であったヴィシー政府によって謹慎を命じられた。

四九年、デュメジルはさらにコレージュ・ド・フランスの教授に任命される。かれのために創設された講座は、「インド＝ヨーロッパ文明」というものであった。デュメジルは高等研究院と同様にこちらの職も六八年の定年まで務めた。

フランスでの教授職を引退後は、アメリカ各地の大学で教えたが、健康上の理由から三年でやめざるをえなくなった。七八年にはアカデミー・フランセーズ会員に選出された。入会の歓迎演説を行ったのは、レヴィ＝ストロースである。その中でレヴィ＝ストロースはデュメジルの卓越した業績を次のように紹介している。

あなたはすでに、五〇冊以上の著書と無数の論文を書かれました。あなたは三〇あるいは四〇もの言語を、使いこなされます。その内のあるものは、サンスクリット語、アヴェスタ語、古代ギリシア語、ラテン語、古代アイスランド語などのような死語で、他は現在でも使われ続けているものですが、この後者の中には、イラン系、ロマンス系、ゲルマン系、スカンディナヴィア諸語、ケルト系、スラヴ系など、インド、ヨーロッパ語族に属する諸言語の他に、トルコ語とまたアメリカ原住民の言語の一つのケチュア語、それに夥しい数の子音を持ちながら母音がほとんど無いというあの恐しいコーカサス地方の諸言語が含まれます。これらすべての言語学的領域とそれらに結び付く諸文化について、あなたはまさに、完璧な知識を所有しておられます。これらの人々が昔から今までに造り出したもの、また彼らのそれぞれについて最古の古代から現代までに書かれたことの中で、あなたに知られぬことは、一つもありません。しかもその上あなたは、たがいに何世紀あるいは時には何千年も時代の隔たった著者たちの間に、実り豊かで常に意想外の対話を行わせる才能までお持ちです。（「デュメジルへの讃辞」）

デュメジルはその後も旺盛な執筆活動をつづけたが、八六年にパリで亡くなった。

前期・中期・後期

デュメジルの研究は前期・中期・後期と三つの時期に分けることができる。

前期は三〇年代半ばまでで、この時期には十九世紀型神話学の影響が色濃い。

中期はデュメジルが十九世紀型神話学から脱却して、個別の神や神官の比較から体系の比較へと新たな飛躍を遂げ、二十世紀型神話学の先駆者となる段階であり、三八年の論文「大フラーメンの先史」において、はじめて明確な形態で提示された。そして中期の総決算となるのが五八年の『インド゠ヨーロッパ語族の三区分イデオロギー』(邦題『神々の構造』)である。

後期は集大成の時期で、五九年の『ゲルマン人の神々』からインド゠ヨーロッパ語族の個別神話について再検討と総合が始まる。また六八年から七三年にかけて刊行された三巻の『神話と叙事詩』では、それまで断片的に進めていた、神話が叙事詩化される過程を総合的に分析した。そして最晩年になると、すでに自らの力では完成が困難と思われたテーマについて問題点の所在を覚書風にまとめ、四巻の『エスキス』として後につづく研究者に委ねた(最終巻はデュメジルの死後に刊行)。

前期デュメジル

マックス・ミュラーの自然神話学の失敗以来、神話の比較研究を敬遠する傾向が強くなり、個別の領域に限定した、より実証的な研究が進められるようになっていた。デュメジルはミュラーの自然神話学のあまりに奔放な想像力に依拠した解釈のもつ欠陥を当然意識していた。しかし同時に、言語の共通性が文化の共通性と不可分であるという意識は捨てきれなかった。処女作『不死の饗宴』（一九二四）の「序論」には次のような言葉が見える。

集団がある時期において、言語や親族機構など共同体としての社会的統一性をもっていたなら、分離したのちでもこの集団が儀礼、伝説、そして宗教を形成する抽象的諸観念などの伝統のかなりの部分を維持することは、十分あり得る。

では、デュメジルはどのような点でミュラーと異なる比較神話学を樹立しようとしたのだろうか。引用につづく箇所で、かれが「孤立したテーマ」（thème isolé）を探したと述べているのが注意をひく。この態度には、幼年期以来親しんできたインド＝ヨーロッパ語族の諸神話が共有する、他の言語集団には見られない独自の神話テーマ——そしてその背後にある観念——を発見したいというかれの気持ちがうかがえる。

インド＝ヨーロッパ語族に独自の神話テーマであると示すためには三つの条件が必要である。第一は、そのテーマが他の言語集団には見られないこと、第二は、複数のインド＝ヨーロッパ語族に同じテーマが見られるのが偶然でないと示すこと、そして第三は、それがある集団から他の集団に伝播した結果ではない、と示すことである。

こうした条件を満たすために、かれはその神話テーマが「複数のテーマ連続」（plusieurs séquences thématiques）をなしており、「複雑で独自」（complexes et originales）であるべきだとする。こうして、他の言語集団の神話テーマとの差異が鮮明になるし、またインド

＝ヨーロッパ語族内部での偶然の一致の確率も低くなる。そして同時に伝播の可能性も排除できる。伝播によるならば、同一語族集団内部だけでなく、近隣の異なる言語集団にもその神話テーマが見られるのが普通だからである。

かれはこうした複雑な構成をもつテーマを、ヨーロッパ中世の叙事詩研究を念頭に置きつつ「伝承圏」（cycle）と呼んだ。

また、かれは後の構造的分析を予感させるような発言もすでにしている。

ここではテーマ、物語の連続、伝承圏を対象として、インド＝ヨーロッパ語族の神々は対象にしない。今日、神々や英雄の名前や性格は変容しつづけることが明らかになっている。（中略）神々は過ぎ行く。しかしテーマは留まるのだ。インド＝ヨーロッパ語族の〔神々や英雄の〕諸タイプが明らかになることはあるだろう。しかしそうした諸タイプに、それが見られる伝承圏の特定箇所から独立した地位や、この伝承圏での限定された活動以外の活動を与えるつもりはないのだ。つまり、〔マックス・ミュラーらの〕旧学派が重視したような神々の性格を探るつもりはないのである。もちろん研究の過程で特徴的な〔神々や英雄の〕神名の語源学は、本書の方法論とは無関係なのである。

もう一つ、資料に関しても、デュメジルはマックス・ミュラーと異なるスタンスを示している。かれは比較神話学では古い資料が必ずしも最善ではないと主張するのだ。これはもっぱらヴェーダとホメロスを資料としたミュラーへの挑戦である。たしかにヴェーダとホメロスは言語的に見れば最古の資料である。しかし古い神話テーマの残存は、資料の年代とは必ずしも合致しないというのである。これは、ある意味では、比較神話学の比較言語学からの独立宣言でもあるだろう。もちろん、それは言語学者からの猜疑を招くものであったが、しかし、言語の古さという基準から逃れることで、言語学では軽視されてきた資料まで含めた、より広い展望を手に入れることになるのである。その理由をかれは次のように説明している。

インド＝ヨーロッパ語族についての最古の諸証言からは、分裂前の状態は再建できない。理由は簡単である。古い資料が残っているのは、知的努力が早くから見られた文明社会だからである。すべての口承伝承は非常に緩慢に姿を変えていくし、それは秩序立ったものではない。しかし文明社会の資料はそうした単純な進化をとげないのだ。文明社会では成熟化があらゆる面に及ぶので、資料はすでに改訂され、再考され、場合によっては背景に追いやられた形でしか残らない。歴史はその第一歩からすでに、バラモンの神秘主義やゾロアスターの道徳主義、そして「ギリシアの奇跡」に直面するのである。

そこで、デュメジルは、ラテン、ゲルマン、ケルト、スラヴなどの資料の方を重視する。これらの社会はインド、イラン、ギリシアに比して文明化が遅れたので、たとえ資料の年代は新しくとも、インド＝ヨーロッパ語族の観念をより忠実に保持しているというのである。

加えて、もう一つ注目すべき発言がある。それは資料が姿を変える可能性である。つまり、ケルトやスラヴなどキリスト教化された地域では、神話はそのまま存在することを許されず、「古い儀式と結びついた伝説」は「すぐに民間伝承の地位へと下落し、神々は英雄に姿を変える」というのである。なお、ここでかれは「伝説」という表現を用いているが、これはもちろん神話を意味している。「神話」という語がマックス・ミュラーとあまりに強く結びついていたので、同一視されたくないという気持ちの表れであろう。

このように『不死の饗宴』「序説」では、処女作の段階でも、すでにのちの展開を予想させる基本的な見解のいくつかが披瀝されている。普遍性ではなくインド＝ヨーロッパ語族の独自性を解明したいという志向、複雑なテーマ連続への注目、神名や語源学の軽視、資料の相対年代やジャンルへの偏見のなさ、神話の変容の可能性の指摘などがそうである。

「アンブロシア伝承圏」

デュメジルが見つけた「伝承圏」とは、不死の飲料をめぐる神話とそれに結びついた儀礼のセットであった。

不死の飲料としてはインドのアムリタ（「不死」の意。仏典の「甘露」）が有名である。ギリシアには神々の食物としてアンブロシアがあるが、これはアムリタと同語源である。ギリシアでは不死の飲料の方はネクタルと呼ばれている。おそらく元来飲料であったアンブロシアが食物とされたのであろう。アムリタよりもアンブロシアの方がよく知られているので、この神話・儀礼複合をかれは「アンブロシア伝承圏」と名づけた。その構図は次のようなものである。

まず神々は死を恐れて不死の飲料を造ろうとする。この飲料は海から造りだされる。そして出来上がった不死の飲料を飲む饗宴が催されるが、敵対者が紛れ込んで飲料を奪う。そこである神が美しい女神に変装して敵対者に近づき、油断させて飲料を奪い返す。そこで烈しい戦闘になるが、神々は勝利し、不死の飲料は最終的にかれらのものとなる。敵の指導者は山に縛りつけられ、永劫の苦しみを受ける。

この伝承群の存在を構想する上でヒントになったのが、インドの大叙事詩『マハーバーラタ』に見られる、「乳海攪拌」によるアムリタ出現の神話であることは明らかだ。この神話によれば、乳海の攪拌によってデーヴァ神たちがアムリタを入手すると、より悪魔的様相を帯びたアスラ神たち（仏典の「阿修羅」）がアムリタを奪う。そこでヴィシュヌ神が女神に変装してアムリタを奪い返し、デーヴァとアスラの戦闘となる。しかし、最後にはデーヴァが勝利するのである。筋書きは、「アンブロシア伝承圏」ときわめて類似している。

おそらくデュメジルはヴィシュヌの女装が北欧神話でのトールの女装と対応していること、そして北欧にもビールの起源の神話があることに注目したはずである。また、アムリタと同語源のアンブロシアが知られているギリシアでは、タンタロスが神々の饗宴に参加してネクトルとアンブロシアを神々のもとから盗んで人間に与え、その結果として永劫の罰を受けたという神話がある。

こうした諸神話の類似から、デュメジルは上記のような伝承圏を再建した。その範囲はインド、北欧、ギリシアのみならずイラン、ラテン、スラヴの神話、そしてキリスト教化したケルト神話としての聖杯伝説にまで及ぶ。

かれがこうした不死の飲料をめぐる伝承圏の存在を構想する上では、神話のみならずインド゠ヨーロッパ語族の儀礼における酩酊飲料の重要性も影響を与えたことは疑いない。インドにはソーマ酒にまつわる儀礼と神話が豊富にあるし、ソーマと同語源のハオマを飲むイランの儀礼は、ゾロアスターによって激しく批判されているが、それは逆にハオマ儀礼の重要性を示している。また、ギリシアではブドウ酒の神ディオニュソスがおり、この神の祭りが盛んに行われていた。

おそらく宗教儀礼における酩酊飲料の重視と不死の飲料をめぐる神話の存在がインド゠ヨーロッパ語族独自の神話・観念体系を模索していたデュメジルに『不死の饗宴』を書かせたのであろう。

たしかに二十代半ばでこれほど広大な領域の資料を猟渉し、多くの言語を駆使するのは離れ業である。しかし、デュメジルは無理をしすぎた。酩酊飲料の儀礼や不死の飲料についての神話が各地に存在するのは事実だが、上記の「乳海攪拌」のようなまとまった神話はじつはインド以外には存在しないのである。かれは不死の飲料についての伝承圏が存在すると信じるあまり、インド以外の神話や伝説の場合には無理に断片をつなぎ合わせてしまったといえる。

それに関連して、語源がやはり重要な論拠の一つになっていることも注目される。デュメジルは「序論」において、「神々や英雄の名前や性格は変容しつづける」とか、「神名の語源学は、本書の方法論とは無関係なのである」と述べていた。もちろん神や英雄の名前の一致は述べられていないし、語源の一致から問題提起を始めているのでもないが、現実にはアムリタとアンブロシア、そしてソーマとハオマの同一語源が「アンブロシア伝承圏」の構想に影響し、かつその存在の有力な証左とされていることは否定しがたい。

デュメジルがマックス・ミュラーの自然神話学の呪縛から比較神話学を解放しようと努めていることはすでに指摘したが、この新しい比較神話学を構築するうえで示唆を与えた人物としては、フレイザーを挙げる研究者が多い。

たしかにフレイザーへの言及はあるが、しかしそれ以上にマンハルトの名が見られる。そしてじつは、もっとも頻繁に言及されるのはハリソンなのである。フレイザー一人がデュメジルの新しい比較神話学の構想に刺激を与えたのではないのだ。デュメジルはフレイザーを中心として、かれに先行するマンハルトやかれの説をさらに展開させたハリソンも含めた一群の研究者たちから学んでいるとするのが、より正確であろう。

デュメジルがかれらから学んでいるのは、一つは植物に代表される生と死の神話の重要性である。つまりミュラーのように神話の中心を天上の自然現象に置くのではなく、地上の植物に置くということである。

もちろんこの面で、デュメジルはフレイザーらの立場をそのまま受容してはいない。生と死の循環ではなく、不死の願望という形で問題を捉えたのだ。しかし儀礼に用いる酩酊飲料の材料は植物である（ブドウ酒はブドウだし、ビールは大麦である。ソーマとハオマの材料は不明。ベニテングダケという説もある。しかしいずれにせよ植物である）。こうした飲料への注目にもフレイザーらの影響が認められるかも知れない。また、神話と儀礼の緊密な関係もデュメジルはかれらから学んだのかも知れない。

前期デュメジルの評価

『不死の饗宴』につづく著作でも、デュメジルは同じような視点からの試みを行っている。つまり共通する神話儀礼複合を探し、その存在の重要な証拠として語源の一致を示すというやり方である。

『ケンタウロスの問題』では、かれは人間と動物の多産をつかさどる若い男性の超自然的神話存在に着目している。例とされるのはインドの半神族ガンダルヴァ、それと同語源のイランのガンダレワ、そしてギリシアのケンタウロスである。これらが同一語源を有するとデュメジルは主張するのである。

また、この種の超自然存在についての神話が見当たらない古代ローマについては、ルペルカリア祭において革ひもで人々を打ち、若い女性には子宝を授けるとされた若者の祭司ルペルキが上記の神話存在の儀礼における対応物であるとされる。

さらに、『ウラノス―ヴァルナ』では、子供の神々を地底深く閉じ込めて拘束するギリシアの主権神ウラノスと、呪力によって人々を瞬時に縛るインドの主権神ヴァルナが比較される。この場合も両者の名前が「縛る」という共通の語根に由来するという見解が示されている。そして古代ローマの祭司の一種フラーメンとインドの祭司の一種ブラフマンを比較した『フラーメン―ブラフマン』になると、両者の語源の一致が議論の出発点となっている。

こうして見ると、語源の一致よりも神話複合であると「伝承圏」を重視するという『不死の饗宴』での方法論は必ずしも遵守されていない。『不死の饗宴』の場合、神話での不死の飲料（アムリタとアンブロシア）も儀礼での酩酊飲料（ソーマとハオマ）も、その同一語源の問題は議論全体の屋台骨をゆるがすほどのものではないし、これらが同じ語源のペアであることは、現在も認められている。しかしその他の同一語源の主張は、現在ではまったく否定されている（ガンダルヴァとガンダレワは同一語源である。しかしケンタウロスはそうではない。また、ウラノスとヴァルナ、フラーメンとブラフマンの同一語源も認められていない）。こうなると説得力は激減してしまう。では、この時期のデュメジルの研究はまったく無価値なのだろうか。

個別の著作の内容の妥当性から見れば、そうかも知れない。しかし、神話学説史の立場からすると、この時期のデュメジルの考え方――とくに『不死の饗宴』の「序論」での――には有益な新しい知見が含まれていると思われる。

まず、デュメジルは、神話とは固定したジャンルではなく、状況の変化によってそれ以外の物語へと姿を変えることがあると指摘している。これは神話の定義のむずかしさとも関わる問題である。神話を定義するのは形式なのか、内容なのか、あるいは人々のそれに対する態度なのだろうか。

しかし、デュメジルにとって、神話の定義はほとんど問題となっていない。めずらしくかれが神話を定義しているのは、以下でも取り上げる『ゲルマン人の神話と神々』の「はじめに」の箇所である。

神話とは本質的に、呪術・宗教的、法・宗教的、政治・宗教的生活における儀礼との肯定的あるいは否定的な一定の関係――さまざまなものがある――を人々が感じるような説話である。登場人物が神々であるか、伝説的な英雄であるか、「歴史的」と信じられている人物であるかは問題ではないのだ。説話が儀礼に恒常的に伴う場合か、存在を正当化するか説明している場合、それは神話と呼ばれるにふさわしいものとなる。

この定義は神話と儀礼の関係を強調するが、登場人物によって神話を他の説話形式と区別することには否定的であり、むしろかれの研究目的から導き出されたもののように思われる。かれにとっては、インド゠ヨーロッパ語族が世界を理解するのにどのような独自の様式

――世界観――をもっていたかが最終的に明らかにしたい課題であり、そのための資料として神話がもっとも有効であるから、比較「神話」学者に属しているにすぎない。

デュメジルは世界観を明らかにするうえで役立つなら、神話というジャンルの固有性や独立性にこだわらない。そして形式上は神話と呼べない伝説や叙事詩でも、神話と共通する内容を含むものなら、資料とするのを躊躇していないし、儀礼や社会機構も資料とするのである。以下に述べるように、かれは中期や後期になると、神話と同じ内容をもつ伝説や叙事詩の検討を行い、神話とそれ以外の物語の関係について貴重な考察を開陳するようになる。

また、この神話の位置づけの問題と関連するのが、資料の価値はそのジャンルや年代の古さには関係がないとする見方である。

じじつ、『不死の饗宴』で「アンブロシア伝承圏」構想のヒントとなったと思われる「乳海攪拌」の神話は、最古のヴェーダには見られず、より新しいとされる叙事詩『マハーバーラタ』に残っている。文献学の普通の考えでは、最古の資料に見当たらない場合には、その成立をインド＝ヨーロッパ語族分裂以前に遡らせることはしない。そしてそれ以上に、キリスト教化された後での伝承、それも中世になってから記録されたもの――当然神話ではなく、伝説や昔話――をインド＝ヨーロッパ語族神話の再建に用いることは、文献学への挑戦である。

しかしこうした態度には、おそらくマンハルトの民俗学やフレイザーの人類学の影響があるのだろう。現代の農民や「未開人」の風習との比較が過去の神話の解釈に有益であるとするかれらの態度と、中世の資料からもインド＝ヨーロッパ語族が分裂する以前の世界観が読み取れるとするデュメジルの態度には、共通点が感じられる（もちろん、そうした手法の妥当性を進化論によって説明するかどうかという大きな差異はあるのだが）。

中期デュメジルと三機能体系説

デュメジルが著名となったのは、インド＝ヨーロッパ語族が「三機能体系」（「三機能構造」、「三区分イデオロギー」、「三区分神学」とも呼ばれる）という固有の世界観をもっていたと指摘した学説によってである。

この説によれば、インド＝ヨーロッパ語族はインドからヨーロッパまでの広い地域に拡散しはじめる以前の共住期において、すでに神聖性、戦闘性、生産性という三つの観念が階層をなして世界を構成しているという世界観を保持していた。ここではこの学説の発見以降を中期デュメジルと呼ぶ。

デュメジルが、こうした世界観がインド＝ヨーロッパ語族全体に共有されていたと考えるにいたる萌芽は、すでに三〇年に『アジア学雑誌』に掲載された論文「カースト制度のインド・イラン的先史」にあった。そこでは、インドのカーストの原型となったヴァルナ（色）という社会階層理念が、元来は祭司、戦士、生産者の三要素からなるもので、イランのゾロアスター教の聖典『アヴェスター』に見られるピシュトラ（色）という同様の三要素によって社会集団全体を表現しようとする階層理念と共通であり、インド人とイラン人が分化する以前のインド＝イラン共住期から保持されていたものであろうという指摘がなされている。

その後、デュメジルはこうした三要素によって社会全体を表現する観念が共和政期ローマの三人の大フラーメンと呼ばれる祭司、そしてかれらのそれぞれが奉仕するユピテル、マルス、クイリヌスという三神群においても認められると考え、三八年に『宗教学雑誌』に「大フラーメンの先史」を発表し、このかれが呼ぶところの三機能体系が「理想型、モデル、社会の本質を分析、明確化するのに適当な手段」としてローマ人のもとにおいても存在していたと考えられるとした。

インド＝イラン人の場合、三機能体系は社会階層区分の理念として、そしてローマ人の場合は三神群と祭司という異なる形として認められるのだから、伝播による類似は想定しがたい。また、こうした三機能体系の世界観は世界中のどこでも認められるものではないから、相互に無関係な独立発生の可能性も低い。

ところで、インド＝イラン、ローマ、ケルトにおいては神聖な伝承の担い手である祭司階級が堅固に存在してきた。また、フランスの言語学者ジョゼフ・ヴァンドリエス（一八七五―一九六〇）によって、これら三語派にのみ祭司、法律、宗教に関する一連の共通な語彙が認められることが早くから指摘されていた。こうした点からデュメジルは、インド＝ヨーロッパ語族の分布地域の東と西に位置するインド＝イラン人とローマ人に同一の世界観が認められるとすれば、もっとも妥当な説明は、三機能体系がインド＝ヨーロッパ語族の分散以前から存在していたとする見方であると主張したのである。

こうした主張に基づいてかれは、インド＝イラン、ローマの伝承や儀礼の三機能体系にそった分析を次々と進めたが、三機能体系がインド＝ヨーロッパ語族に共通する世界観であることをより説得的に示すには、これら以外の地域においても三機能体系が認められることを具体例によって示す必要があった。

比較言語学では、ある単語の同一起源が認められるためには最低三つの独立した地域からの対応例が必要とされるが、それと同様に三機能体系がインド＝ヨーロッパ語族に共通であると見なすために「比較における第三項」(tertium comparationis) が求められたのである。当然ながら、その第一候補はドルイド祭司階級が存在したケルト人だが、ケルト語圏の伝承資料は決定的に不足しており、論証は不可能であった。

ゲルマン神話と三機能体系

これに代わって選ばれたのが、祭司集団は認められないが神話伝承が豊富に残っているアイスランドのゲルマン人である。ゲルマン人（言語学的にいえばゲルマン語派）は東ゲルマン、西ゲルマン、北ゲルマンに大別されるが、このうち神話伝承は北ゲルマン、わけてもアイスランドに集中している。したがって、以下でいうゲルマン宗教における三機能体系とは、このアイスランドの資料に基づいて考えられたものである。しかし、それはかつてはゲルマン人全体に共有されていた観念と考えられる。

こうして、三九年に『ゲルマン人の神話と神々』が著された。

全体の構成は、最初に全体の総論ともいうべき第一章「インド゠ヨーロッパ語族神話とゲルマン神話」があり、ついで第一部「主権の神話」、第二部「戦士の神話」、第三部「生命力の神話」と三機能のそれぞれについての部分があって、最後に結論となっている。

また各部も三章に分けられており、第一部には「魔術王」、「主権の危機」、「血と主権」の三章が、第二部には「世代間の対立と植民」、「凶暴戦士」、「最初の一騎討ち」の三章が、そして第三部には「酒と飲料」、「豊穣を司る男女の神々」、「『価値のない富』」の三章が置かれている。「魔術王」という題は当然フレイザーの『金枝篇』を想起させる。また「酒と飲料」が『不死の饗宴』と響き合うものであることもいうまでもない。

デュメジルは、五九年に再びゲルマン宗教における三機能体系の問題を取り上げ、『ゲルマン人の神話と神々』に代わるものとして『ゲルマン人の神々』を上梓している。後者の構成は前者とかなり異なり、第一章「アース神族とヴァン神族」、第二章「魔術、戦争、法律オーディンとチュール」、第三章「世界の物語　バルドル、ヘズ、ロキ」、第四章「嵐から歓喜へ　トール、ニョルズ、フレイ、フレイヤ」となっている。

『ゲルマン人の神々』第一章では、対照的な特徴を有する二つの神族が争い、その後に融合して神々の社会が最終的に完成するというゲルマンの神話が、インドとローマの伝承と比較され、これら三者の共通起源が示唆されている。第二章は神聖性・主権性の機能に焦点が当てられている。第三章は三機能体系の基本的枠組みに入りきらないゲルマン宗教独自の神々の位置づけが問題とされ、第四章では戦闘性と生産性の神々が考察されている。

こうした構成を『ゲルマン人の神話と神々』の場合と比較してみると、『ゲルマン人の神々』では必ずしも三機能を均等には論じておらず、戦闘性と生産性の機能よりも神聖性、主権性の機能により力点を置いていること、また第三章のように、バルドルなどのゲルマン人の世界観に固有の性格を示す神々の検討に一章を別に設けていることなど、三機能の枠組みは保持しつつもゲルマン宗教に独自の発展、展開をより配慮していることが明らかになる。

インドと主権の二重性

古代インドでは重要なヴェーダ祭祀において、ミトラとヴァルナ、インドラ、アシュヴィン双神の一団が招来された。これらの神々は『リグ・ヴェーダ』讃歌において、ミトラとヴァルナは主権神として、インドラは戦闘神、英雄神として、そしてアシュヴィン双神は健康、若さ、豊穣の授与者として語られている。

こうした特徴は三機能説と見事に合致する。ミトラとヴァルナは第一機能、インドラは第二機能、アシュヴィン双神は第三機能である。アシュヴィン双神は双子とされ、機能の違いはほとんど見られない。しかしミトラとヴァルナはともに主権神とされているが、性格は対照的である。

こうした点から出発して、デュメジルは四〇年に『ミトラ―ヴァルナ』を上梓し、インド＝ヨーロッパ語族の主権神の観念を解明しようとした。それによれば、ミトラが法律的で契約を重んずる主権神であるのに対して、ヴァルナはマーヤー（幻力）を駆使して瞬時に相手を縛り上げてしまう魔術的な主権神である。そこからデュメジルは、インド＝ヨーロッパ語族においては、主権が対照的だが相補しあう二側面からなるものとして理解されていたと推定した。

こうした主権の二重性の仮説に基づいて、デュメジルは前年に発表した北欧神話論を再検討する。『ゲルマン人の神話と神々』では第一機能の神はオーディンとされていた。オーディンはヴァルナと大変よく似た魔法によって「縛る神」である。これに対して、チュールは契約を重んずる神であり、ミトラと似ている。こうしてデュメジルは、ゲルマン神話の第一機能神としてオーディンにチュールを加えた二神を考えるようになる。

ローマと建国伝説

古代ローマはエトルリア人を経由して早くからギリシア文化の影響を受けた。このためローマには固有の神話はほとんど残っていない。しかしデュメジルは、祭りや儀礼についての資料から見て、大フラーメンと呼ばれる特別な祭司をもっていたユピテル、マルス、クイリヌスという三神が、それぞれ主権神、戦闘神、生産神である可能性がきわめて高いと考えた。つまりローマには三機能説が存在したし、それは大フラーメン以外の部分でも発見できるのではないかと考えたのである。

そうした試みが四一年に刊行された『ユピテル・マルス・クイリヌス』である。繰り返すが、ローマには固有の神話は残っていない。普通ならそれで諦めてしまうところだ。しかし、「神々は英雄に姿を変える」場合があるという『不死の饗宴』の「序説」でのデュメジルの言葉を思い出してほしい。そこでデュメジルは神話が伝説化されて残っているのではないかと推定し、その中に三機能説の枠組みが残っていることを示そうとしたのである。

ローマ建国伝説の冒頭では、のちに王となるロムルスに率いられた若者たちが国を興そうとする場面が描かれている。かれらは男だけだったので、策略を用いて近くのサビニ人の娘たちを略奪してきて妻とした。当然、ローマとサビニ人の間に戦争が始まる。ロムルスたちは優れた兵士であるエトルリア人の助力を頼み戦うが、最後には両陣営は和解して、一つとなるという粗筋になっている。(図3)

デュメジルは、神の加護を受けて主権者となるローマ人、戦闘に優れたエトルリア人、そして女性と財産を所有するサビニ人という三者の描かれ方には、それぞれ三機能による特徴づけが見られると考えた。また、それにつづく初期の王たちの業績が語られている部分についても、やはり三機能による構造が摘出できると考えた。

年代記では初代の王ロムルスは暴君的で占いに長じており、二代目のヌマは宗教祭祀や法律を定めたとされ、三代目のトゥルルス・ホスティリウスは好戦的であったという特徴づけが見られる。ここからデュメジルは、ロムルスとヌマは主権機能の二側面に合致し、トゥルルスは戦闘機能に合致すると説いたのである。また、四代目のアンクス・マルキウスが人口

図3　ダヴィッド「サビニの女たち」（パリ，ルーブル美術館蔵）

を増加させたり、オスティアの港を開いて交易を盛んにするなど、第三機能の側面をもつ王として描かれていることは、のちの著作『タルペイア』（一九四七）で論じられた。

このようにデュメジルは、ローマの建国伝説にインド＝ヨーロッパ語族神話の構造を発見し、神話から伝説へのジャンルの移行を指摘した。これによってかれは神話の概念を拡張したといえるだろう。神話がないとされていたローマでも神話の枠組みは存在しつづけた可能性が示されたのである（余談だが、デュメジルの考えが正しいとすれば、やはり神話がないとされる中国についても同じような形で神話が残っている可能性がある）。

また、デュメジルは『ハディングスのサガ』（一九五三。のちに改訂されて『神話から物語へ』）において、北欧についてもサクソ・グラマティクス（一一五〇頃―一二二〇）の年代記『デンマーク人の事績』の中に北欧神話の伝説化が見られると指摘している。

イランと大天使

イランではゾロアスター以前にあった多神教が、かれの宗教改革運動によって二元論的一神教へと性格を変えた。したがってゾロアスター教の資料からは、三機能区分の存在を証明することは困難と思われていた。しかしデュメジルは、『大天使の誕生』（一九四五）において、主神アフラ・マズダーには、この神の諸特性の抽象概念化ともいえる大天使群がつき従っていることに注目し、アムシャ・スプンタ「不死なる恩恵（あるいは効能）」というこれら大天使は、三機能を代表する神々が抽象化された結果ではないかと考えた。

アムシャ・スプンタは六名いるが、その名前とその意味、そしてそれぞれが支配する物質要素は次のようになっている。

(1)ウォフ・マナフ「善思」／牛、(2)アシャ「天則」／火、(3)クシャスラ「力」／金属、(4)アールマティ「篤心」／大地、(5)ハルワタート「健康」／水、(6)アムルタート「不死」／植物

これらのうち、(1)と(2)が主権機能の二側面に該当し、(3)が戦闘機能に該当し、名前のよく似た(5)と(6)がインドのアシュヴィン双神と同様に生産機能に該当することは比較的容易に決定される。問題は(4)のアールマティである。その名前の意味や支配する領域が大地とされて

いることから見て、この大天使は(5)(6)とともに生産機能に属すると予想されよう。

しかしアールマティに相当するものは、インドの三機能神のリストには見当たらない。この段階でのデュメジルの説明は、北欧神話では生産機能がニョルズ、フレイという二男神の他にフレイヤという女神によっても代表されているという並行関係の指摘のみであった。

その後、アールマティの位置づけは、『タルペイア』で再度論じられ、この存在が河の女神の抽象存在化であり、この河の女神とは生産機能にもっとも近いが、同時に三つの機能すべてと関わりをもつ特性を示す大女神であると結論された。

『大天使の誕生』の功績は、一神教化されたのちの資料からでも、それ以前の多神教の三機能構造を発見できることを示し、イランにおける三機能体系の存在を立証した点にあると思われる。

もちろんデュメジルが関心をもっているのはインド＝ヨーロッパ語族であり、非インド＝ヨーロッパ語族に起源をもつユダヤ教、キリスト教、イスラームといった一神教については言及していない。しかしこの著書を『大天使の誕生』と題していることは意味深長に思われる。天使は非インド＝ヨーロッパ語族起源の三つの一神教でも大きな位置を占めているからである。

叙事詩の神話的基盤

スウェーデンのインド学者スティグ・ヴィカンデル（一九〇八―八三）は四七年に、インドの大叙事詩『マハーバーラタ』の主人公たちであるパーンダヴァ兄弟とかれら共通の妻であるドラウパディーはインド＝ヨーロッパ語族の三機能区分にそって特徴づけられているという説を「パーンダヴァの伝説と『マハーバーラタ』の神話的下部構造」という論文として提示した。

デュメジルはこの説にただちに賛成し、スウェーデン語で書かれていたこの論文を自らフランス語に訳し、自らの意見も注記して、『ユピテル・マルス・クイリヌス4』に収録した。パーンダヴァ兄弟は神々の子である。長男ユディシュティラはダルマ「法、正義」の子であるが、ダルマは法律と契約を支配する主権神ミトラのより新しい形態と見て差し支えない。そして次男ビーマは風の神ヴァーユの子であり、三男アルジュナは戦闘神インドラの子である。四男ナクラと五男サハデーヴァは双子で、生産神アシュヴィン双神の子である。

こうして見ると、兄弟の父とされる神々が三機能体系を代表する神々と重なり合うことが分かる。長男は主権機能、三男は戦闘機能、そして四男と五男は生産機能を代表する神々の子なのである。こうしてすでにローマと北欧で見られたような神話の伝説への変容がインドでも確認されることになった。

兄弟に共通の妻ドラウパディーについては、『タルペイア』におけるゾロアスター教の大天使アールマティの解釈が採用されている。つまりドラウパディーは主として第三機能を中心とするが他の二機能とも関わる大女神に由来すると説明されるのである。

しかし風の神ヴァーユが次男の父とされている点は、ヴェーダ讃歌や祭式の三機能を代表する神々の中にヴァーユが見られない以上、大きな問題となる。ヴァーユは讃歌ではよくインドラとともに登場している。またその子ビーマは荒々しい戦士である。したがってここでは戦士機能が二分され、ヴァーユとインドラあるいはビーマとアルジュナによって分担されていることになる。

ヴィカンデルは、このようにインドラの仲間としてヴァーユが登場してくる点について、ヴェーダよりも古いインド・イラン語派の伝統に注目し、戦闘機能がヴァーユとインドラによって分担されている形態はヴェーダ以前にさかのぼるという可能性を示唆した。

叙事詩の三区分神学はヴェーダ神話に由来するのではなく、ヴェーダとは独立した形で伝承され、叙事詩にはヴェーダよりも古い形態が残っているというこの主張は大変大胆なものであるが、デュメジルもその可能性を認めている。

神話に採用されなかった三機能の考え方があり、それが神話とは別系統で伝承され保存され、叙事詩において採用されたとするこうした見解は、神話が伝説など他の物語に変容するというデュメジルのそれまでの考え方に加え、神話とは異なる経路で伝承される観念体系が存在するという可能性を示した点で、神話学への貴重な理論的貢献となっているといえるだろう。

もう一つの問題は、ミトラとペアをなすヴァルナの不在がヴィカンデルの説では説明できない点である。しかしこの点についてデュメジルは、上記の論文訳の注記において、兄弟たちの名目上の父であるパーンドゥがヴァルナの置き換えである、と述べている。

集大成

こうして三機能説に基づいて北欧、インド、ローマ、イランなどの神話や儀礼が分析され、神話の伝説や叙事詩への変容についても具体的な分析が行われた。そうした研究成果は五八年に『インド＝ヨーロッパ語族の三区分イデオロギー』（邦訳『神々の構造』）として体系化された。

同書は第一章「社会的・宇宙的な三機能」、第二章「三区分神学」、第三章「神学、神話、叙事詩における種々の機能」という三部構成をとっており、これまでの著作の内容がテーマごとに配置され、デュメジルの研究の鳥瞰図を提供している。この著作を中期デュメジルの集大成と見なしてよいだろう。

これ以降の後期においては、同書の体系に依拠しつつ個別領域や個別テーマの研究の精緻化が行われることになる。

後期デュメジル

『インド＝ヨーロッパ語族の三区分イデオロギー』によって体系化に一応の区切りをつけたデュメジルは、後期になると個別領域と個別テーマの完成に努める。まず個別領域のうちゲルマンについては、すでに名前を出した『ゲルマン人の神々』が著され、つづいてローマについて三区分構造を論じた『古ローマ宗教』（一九六六）が著されている。

個別テーマとしては、神話と叙事詩の関係を考察した三巻の大著『神話と叙事詩』がある。第一巻は「インド＝ヨーロッパ語族の叙事詩における三機能イデオロギー」という副題をもち、インドの『マハーバーラタ』、ローマの年代記（リウィウス）と詩（プロペルティウス）と叙事詩（ウェルギリウス）、そしてイラン系スキュタイ人の末裔であるオセット人の『ナルト叙事詩』についての三つの部分が中心となっている。第二巻は「インド＝ヨーロッパ語族の叙事詩における諸タイプ——英雄、呪術師、王」という副題のとおり、インド＝ヨーロッパ語族諸領域における英雄、呪術師、王の神話の特徴が明らかにされる。そして第三巻は「ローマの歴史」と題され、それまでのかれのローマ研究では取り上げられてこなかった伝説が数多く分析されている。

デュメジルは、ジャーナリストのエリボンの質問に答えて、「著作群の全体に対する入門としては、『神話と叙事詩』の第一巻を勧めます。それから『古ローマの宗教』もですね。指針としてはこれら二冊の序文と注釈で充分です」と述べ、さらにまた方法論としてはどの著作を最上の成果と考えているのかと尋ねられると、「それもまた『神話と叙事詩』の第一巻だと思います。そこで私は、それまでに論文や小冊で論じてきた分析を再度全面的に展開しました。（中略）私はこれらすべてを体系化し、相互に関係づけて全面的に書き改めました」と答えている（『デュメジルとの対話』第一部第一章「不死の饗宴」）。

歴史か構造か

デュメジルの研究は、インド＝ヨーロッパ語族という限定された対象の神話や儀礼や社会構造を素材にして、それらに共通する思考の枠組みとしての「イデオロギー」を再建しようとする。こうしたアプローチは、一見すると歴史学的手法に近く、歴史よりも構造を重視する二十世紀型神話学には属さないと思われるかも知れない。

しかし、かれのいうインド＝ヨーロッパ語族の三区分イデオロギーとはあくまでも仮説であり、実態は確認できないものであることに留意する必要がある。またデュメジルは、このイデオロギーを特定の時代に位置づけることもしていない。かれは、インド＝ヨーロッパ語族が分化して拡散していく以前の共住期に、すでに体系化されていたであろうという見通しを述べるだけである。こうした理念的な三機能体系は、時代を特定できないし、はたして意識されていたのか、それとも無意識下にのみ存在したのか、また意識されていた場合でもデュメジルが考えるような整然とした体系を有していたのか、またそれがどれだけの人々に共有されていたのか（祭司階級以外にも知られていたのか）など、あまりに不明な点が多すぎて、歴史学の対象には到底なりえない。

だからかれは自らを「比較研究者」(comparatist) と自己規定し、コレージュ・ド・フランスでの開講演説において、自分の学問を「超―歴史」(ultrahistoire) と呼んだのである。

このようにデュメジルは、限定された集団のみを研究対象としていたわけだが、それでも神話一般にあてはまるような理論上の新知見も二つほど示している。一つは、神話がその他の物語ジャンルに変容する可能性の指摘である。そして二つ目は、そこから展開されたもので、資料を神話に限定せず、儀礼、社会構造、伝説、叙事詩、昔話など異なるジャンルも積極的に取り込んで比較したほうがむしろ有効な場合があるという、神話研究にとってはいささか逆説めいた指摘である。

第六章　レヴィ＝ストロースと「神話の構造」

生涯

クロード・レヴィ＝ストロースは一九〇八年、ベルギーのブリュッセルに生まれた。父親は画家で、父の兄弟も画家である。また母の父方の祖父はバイオリン奏者という芸術家の家系であった。両親ともパリ生まれパリ育ちのフランス人だが、仕事の関係で一時的にブリュッセルに滞在していたとき、レヴィ＝ストロースが生まれたのである。家名の一部にユダヤ教のラビ（教師）が含まれていることから明らかなように、ユダヤ系である。ただし両親もユダヤ教の信仰はなく、レヴィ＝ストロースも自分は無信仰であるといっている。生後二ヵ月で両親とともにパリに戻った。

国立高等中学校（リセ）在学中、マルクスの『資本論』を読み、マルクス主義者となる。二七年、パリ大学法学部に入学して法律を学ぶ。しかし法律に興味をもてず、同時にソルボンヌ（パリ大学文学部）で哲学も学んだ。在学中はむしろ政治運動に熱中し、社会党の代議士の秘書も務めた。

三一年、リセの教師になるためのアグレガシオン（教授資格試験）に合格する。試験の前の教育実習では、作家シモーヌ・ド・ボーヴォワール（一九〇八―八六）や哲学者モーリス・メルロ＝ポンティ（一九〇八―六一）らと一緒だった。試験に合格し、一時兵役に就いた後、三二年にはリセの教師となり、その後二年間ほど務めた。

しかし三五年になると、レヴィ＝ストロースはリセの職を辞し、サンパウロ大学社会学教授としてブラジルに向かった。第二次大戦以前、文化言語としてのフランス語の地位は高かったから、新しく大学を設立するに際してはフランスから教授を招くことがよく行われていた。デュメジルがトルコに行ったのも、レヴィ＝ストロースがブラジルに行ったのもそうした例である。

大学在学中、レヴィ＝ストロースはアメリカの人類学者ロバート・ローウィ（一八八三―一九五七）の『原始社会』（一九二〇）を読み、民族学に関心をもっていた（なお、フランス語の「民族学」ethnologie は英語の「社会人類学」social anthropology や「文化人類学」cultural anthropology に相当する）。ブラジルに行く気になった理由は民族学をしたかったからだと、かれ自身も認めている。部族調査が魅力であったらしい。

じじつ、かれは大学の休暇期間を利用して、サンパウロ近郊のカインガング族、奥地マト・グロッソ地方のカドゥヴェオ族とボロロ族などの民族調査を行っている。しかし、三八年にはサンパウロ大学を辞めた。社会学の教授でありながら関心は民族学であり、矛盾を感じたためらしい。もっとも民族調査の方はさらに継続され、内陸部のナンビクワラ族の民族学調査も行っている。こうしたブラジルでの体験はのちに珠玉の随想集『悲しき熱帯』（一九五五）として結実する。

三九年、レヴィ＝ストロースはフランスに帰国し、兵役に就いたり、リセの教師になったりするが、四〇年になるとフランスはナチス・ドイツによって占領され、ユダヤ系であるかれは人種法によって職を失う。こうしてかれは行き場を失うが、幸いにもアメリカに脱出することができた。ロックフェラー財団はファシズムの危険からヨーロッパの知識人——多くはユダヤ系——を救済するため援助の手を差しのべていたが、主としてフランスの学者を受け入れるためにニューヨークに設立されたニュースクール・フォー・ソーシャルリサーチ（The New School for Social Research）——一種の成人向け市民大学——の教授にレヴィ＝ストロースは任命されたのである。こうして四一年、かれはニューヨークに渡る。ニューヨークでの最大の事件は構造言語学者ロマーン・ヤーコブソン（一八九六—一九八二）との出会いであろう。以下に述べるように、ヤーコブソンから学んだ構造という概念が、レヴィ＝ストロースの神話分析への決定的な第一歩となったのである。

四八年には、フランスに戻った。そして同年、パリの人類学博物館（Musée de l'Homme）副館長に就任する。五〇年には、高等研究院の指導教官（「無文字民族の比較宗教学」講座）となったが、これにはデュメジルの力添えがあった。レヴィ＝ストロースはこの職を七四年まで務めた。

五五年、『悲しき熱帯』が刊行され、ベストセラーとなる。また五八年には『構造人類学』が刊行され、「構造主義」のブームの引き金となる。こうして五九年には、フランスのアカデミズムの最高峰であるコレージュ・ド・フランスの社会人類学教授に選出された。

かれはこの職を八二年まで務めた。じつは、レヴィ＝ストロースはそれ以前にも四九年と五〇年の二度、コレージュに立候補している。しかし四九年にはデュメジルが選ばれ、翌年にはデュメジルらの応援にもかかわらず、再び落選したのである。

レヴィ＝ストロースは、この二度の落選の後、もはやコレージュ教授になる望みを捨てたからこそ、自分は『悲しき熱帯』のような非学術的な本を書いたのだと対談集『遠近の回想』で述べている。しかし皮肉というか逆説的というか、かれは『悲しき熱帯』によって一躍有名になり、五九年には、友人メルロ＝ポンティやデュメジルの後押しもあって、無事にコレージュ教授に選出されたのである。

その後もかれは旺盛な著作活動をつづけ、六四年から七一年にかけては四部作『神話論理』を上梓し、七三年には、アカデミー・フランセーズ会員となった。

二〇〇八年には百歳を迎え、記念行事も行われたが、翌二〇〇九年に百一歳の誕生日を目前に亡くなった。

構造の発見

デュメジルは、神話や儀礼を分析する際には神や英雄という個別の「項」ではなく、「項」どうしの関係の束、つまり「体系」に注目すべきだと気づいた。

それはフランス社会学派から学んだものだが、レヴィ＝ストロースは同じ体系の重視を言語学、それもとくに音韻論の「構造」という概念から学んで、神話の構造分析を提唱することになった。そうした神話の構造分析成立のきっかけとなったのが、ニューヨークでのローン・ヤーコブソンとの出会いであった。

ヤーコブソンはモスクワに生まれ、モスクワ大学やチェコスロバキアのプラハ大学に学び、「プラハ言語学サークル」を作り、ここでロシアからの亡命貴族である音韻論の大家ニコライ・トゥルベツコイ（一八九〇—一九三八）と知り合い、影響を受ける。三九年、ナチスがチェコを侵略するとデンマークに逃れ、さらに北欧諸国を転々としたのち、四一年にニューヨークに来て、レヴィ＝ストロースと出会ったのである。

レヴィ＝ストロースがヤーコブソンから受けたもっとも大きな影響は、音韻論における構造の概念であった。その方法論に関してトゥルベツコイの書いた論文の要点を、レヴィ＝ストロースが「言語学と人類学における構造分析」という論文（『構造人類学』所収）で、トゥルベツコイ自身の言葉を交じえつつ紹介しているので、まずそれを引用しておこう。

まず第一に、音韻論は意識的言語現象の研究からその無意識的な下部構造の研究へと移行する。それはまた項を独立した実体として扱うのを拒絶し、項と項との関係を分析の基礎とする。第三に、それは体系の概念を導入する。「現代の音韻論は音素がつねにある体系の要素であることを明言するにとどまらず、具体的な音素体系を明示してその構造を明らかにする」のである。最後に音韻論は一般的法則の発見を目的とする。これらの法則は時には帰納によって発見されるが、「時には論理的に演繹され、そのことがそれらに絶対的な性格を与える」

「意識的言語現象の研究」とは音声学が扱うような実際の発音である。そうではなく、話し手が意識していない発音の体系（「無意識的な下部構造」）こそが重要だというのだ。

これまで本書で二十世紀型神話学のパラダイムと呼んできたものは、ここに語られている音韻の構造分析の方法論とかなりの部分で一致する。神話の語り手が意識している表面的な意味ではなく、語り手が意識していない神話の無意識の構造を二十世紀型神話学は解明しようとする。これはデュメジル、レヴィ＝ストロース、エリアーデ、キャンベルのすべてに共通する問題意識といえるだろう。

そして神話の一部分のみ（つまり「項」）に注目するのではなく、部分相互の関連性、体系、構造を明らかにしようとする志向性は、デュメジルとレヴィ＝ストロースにはっきりと認められるものだ。

さらに個別の地域や時代の神話の特徴ではなく、神話という「現象」の一般的法則の発見を目指すことも、レヴィ＝ストロース、エリアーデ、キャンベルに共通している。

こうして見ると、二十世紀型神話学のパラダイムをもっとも明確な形で体現しているのは、構造言語学のモデルをつよく意識し、そのやり方をかなり忠実に再現しているレヴィ＝ストロースの構造神話学であるといってよいだろう。

デュメジルがやや漠然と手さぐりや直観によって模索していた神話の構造分析を、レヴィ

＝ストロースはヤーコブソンやトゥルベツコイの構造言語学の思想に学んだ結果、明確な神話の構造分析として進めることができるようになったのである。

構造と元型

これに対して、エリアーデとキャンベルも二十世紀型神話学に属しており、デュメジルやレヴィ＝ストロースとの共通点も少なくないが、かれらは構造言語学のモデルをさほど意識していない。その理由は、ユングの深層心理学にかなり影響を受けたためと思われる。構造言語学と深層心理学はともに無意識が問題解明の鍵になるとしているし、その無意識が人類に普遍的な性格をもつとしているという点でも共通している。

この点から、エリアーデとキャンベルもレヴィ＝ストロースと同様に神話の普遍的性格を主張するのである。ただし、ユングの深層心理学は体系性や構造の問題を構造言語学ほど重視していない。この点では、同じ二十世紀型神話学の流れにありながらも、言語学に近い立場をとるデュメジルやレヴィ＝ストロースと、心理学に近い立場をとるエリアーデやキャンベルの神話論には違いが認められる。

音韻の構造分析

では、音韻の構造分析とは具体的にどのようなものなのだろうか。具体例としてフランス語の子音を見てみよう。

子音はまず音の出し方によって①破裂音（p, b, t, d, k, g）、②摩擦音（f, v, s, z, sh, j）、③鼻音（m, n, ng）の三種に分けられる。これらのうち、①破裂音、②摩擦音については、発声時に声帯が振動しない無声音と振動する有声音の二グループに分けることもできる。無声音はp, t, k, f, s, shであり、有声音はb, d, g, v, z, jである。

さらに、発音時の口と唇の動きの違いによるもう一つ別の分類もできる。つまり唇音、唇歯音、歯音、歯茎音、硬口蓋音、軟口蓋音という区別である。これでは、唇音はp, b, m、唇歯音はf, v、歯音はt, d, n、歯茎音s, z、硬口蓋音はsh, j, ng、そして軟口蓋音はk, gとなる。こうした三種類の基準によって子音は区別されるし、図式化できる。（図4）

	破裂音		摩擦音		鼻音
	無声	有声	無声	有声	
唇音	p	b			m
唇歯音			f	v	
歯音	t	d			n
歯茎音			s	z	
硬口蓋音			sh	j	ng
軟口蓋音	k	g			

図4　子音の構造分析

		〔+前方〕〔−舌頂〕	〔+前方〕〔+舌頂〕	〔−前方〕
〔−鼻音〕	〔−継続〕〔−有声〕	p	t	k
	〔−継続〕〔+有声〕	b	d	g
	〔+継続〕〔−有声〕	f	s	š
	〔+継続〕〔+有声〕	v	z	ž
〔+鼻音〕		m	n	ŋ

図5　二項対立による子音の構造分析

これだけでも音韻の構造は十分に納得できるが、さらにこれを二つの要素の有無というヤーコブソンの「弁別特性」に基づいて、二項対立のみによって説明することもできる。

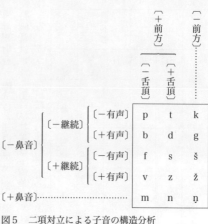

まず有声か無声かが＋－で表せる。なお鼻音には有声無声は関係ないので、鼻音か否かも＋－で表せる。そして摩擦音か破裂音かによって、継続性をもつかどうか定まる。次に調音に際して、息が歯茎より前で障害にあって生じる音素を、前方性をもつと定めると、これまた前方の＋－で表記できる。さらに調音に際して、舌の尖や端がもち上がって積極的に動く場合に生じる音素を舌頂的と定めると、これまた舌頂の＋－で表記できる。こうして二項対立を用いると、いっそう簡潔な子音の構造が現れるのである。（図5）

実際の発音は人によって違うこともあるが、それでも対話が成立するのは、こうした構造の中で音が弁別され、聞き分けられるからである。問題となるのは、個別の音の完全な正確さよりも、むしろ不完全であっても、それが他の音と区別されるように発音されているかどうかなのである。音韻の体系とはじつは差異の体系に他ならない。

このように分析を進めていくと、音韻は二項対立の組み合わせを繰り返すことで分類され、普段は意識されていない構造をもつことが明らかになるのである。

「神話の構造」

レヴィ＝ストロースはこうした無意識の構造の抽出が、音韻以外の分野、つまりかれの専攻する民族学の分野でも可能ではないかと考えた。そこで選ばれた対象が神話である。神話の構造分析の方法論序説ともいうべき五五年の論文「神話の構造」（『構造人類学』所収）において、かれは神話を対象に選んだ理由を次のように説明している。

神話の中では一切が起りうる。見たところ、そこでは諸事件の継起はいかなる論理あるいは連続性の規則にも従わない。すべての主語は、どんな述語でももつことができる。考えうるあらゆる関係が可能である。しかしながら、一見恣意的なこれらの神話は、世界の異なった諸地域において、同じ諸特徴をもち、しばしば細部まで同じままで再生する。（中略）どのようにしてかくも神話は似通っているのだろうか。神話の本性に属しているこの根本的アンチノミーを意識するという条件でのみ、その解決を望むことができる。この矛盾は、言語に関心をもった最初の哲学者たちが見出したそれに似ている。（中略）昔の哲学者たちは、われわれが神話についていまでもやっているように、言語について考えていた。彼らは、各言語において、ある群の音が特定の意味に対応していることを確認し、どんな内的必然性が、それらの意味とそれらの音を結びつけているのかと、懸命に探しもとめた。しかし、この作業はまったくの徒労であった。なぜなら、同じ音が他の言語体系においては、異なった意味と結びつけられて見いだされるからである。したがって、言語の意味機能は、直接音そのものにではなく、音がたがいに結合されている仕方に結びつくのだということに気づく日まで、この矛盾は解かれなかったのである。

表面的に見れば、神話は荒唐無稽ででたらめと思えることが多いかも知れないが、構造分析によって無意識の構造を明らかにできるというのである。では構造分析とは、具体的にどのようなものなのだろうか。

レヴィ＝ストロースはヤーコブソンらの音素の分析の方法に倣うよう勧める。「神話が意味をもつとすれば、その意味は、神話の構成に入ってくる個々の要素にではなく、それらの意味が結びつけられている仕方にもとづいている」からである。そこでかれは音素の概念に倣って、神話を「神話素」という要素・単位に分ける。なぜなら、「われわれは、神話の真の構成単位が、個々ばらばらの関係ではなく、諸関係の束であること、構成諸単位が意味機能を獲得するのは、このような束の結合という形においてのみであることを仮定する」からである。

では、そうして神話素という要素・単位に分けたあとは、どのように分析すればよいのだろうか。かれがもち出すのは、音楽との対比である。

管弦楽の総譜は、一つの軸に従って（ページからページ、左から右へ）、通時的に読まれてのみ意味をもつが、同時にまたいま一つの、上下の軸にしたがって、共時的に読まれなければ意味をもたない。換言すれば、同一垂線上に位置したすべての音符は（中略）関係の束をなしているのである。

神話を意味のまとまりをもつ神話素という要素・単位に分割して、それを話の展開の順番、つまり通時的には、左から右、上から下につながるように配置するのだ。しかし同時に、関係があると思われる神話素はいくつかのグループごとにまとめ、同じ縦の欄に集めるのである。これらのグループのそれぞれは、先程の管弦楽の総譜との対比でいえば、「和音」に相当するものである。この縦の欄のグループがどのような関係にあるかを考察することが、神話の本当の意義を知るためには不可欠だとレヴィ＝ストロースはいう。つまり神話の通時的な展開とは表面的なものであり、それだけを見ていては神話の本当の意味は理解できない。そうではなく、非時間的・共時的な関係の束にこそ神話の無意識な構造があるというのだ。わたしたちは音楽の展開とともに和音も聞いている。同じように神話においても、通時的な物語の展開を見聞きしながら、じつは共時的な関係の束の発するメッセージも無意識に理解しているというのである。

オイディプス神話

論文「神話の構造」では、具体的な分析例としてギリシアのオイディプス神話が用いられている。それと知らずに父を殺し、スフィンクスの謎を解き、母と結婚したという概要については知っている人も多いだろう。レヴィ＝ストロースも、「これはみな知っているから、物語る必要がないという利点をもっている」という理由から選んだらしいが、そもそも「神話」の例として適切かどうか疑問だし、「神話素」の選定にも必然性よりも恣意性の方が強い。

レヴィ＝ストロースがいう「オイディプス神話」とは、通常、わたしたちがその名称で呼んでいる以外にも、オイディプス誕生以前や死後の部分も含んでいる。そこでまず、後一世紀の人と思われる神話作家アポロドロスがまとめた神話集『ビブリオテケ』（邦訳『ギリシア神話』岩波文庫）の第三巻にしたがって、全体の粗筋を述べておくのが得策だろう。もっともレヴィ＝ストロースのいうこの「オイディプス神話」とは、一体となって伝わっているものではないことも指摘しておかねばならない。以下の粗筋はアポロドロスで他の神話と一緒に書かれている中から、関係部分を抜き出してつなげたものである。この点だけでも、この分析例が不完全で不適当なものであるのは明らかだろう。しかしここでは、構造分析の方法論の有効性を検討することが目的なのだから、問題があることを認識しつつ、とりあえず先に進むとしよう。

フェニキアの都市テュロスに王子カドモスとその妹の王女エウロペーがいた。最高神ゼウスはエウロペーを見初めて、雄牛に姿を変えて、エウロペーを誘拐した。カドモスは妹エウロペーを探してギリシアのテーバイの地に来た。そこで土地の龍を退治する。また女神アテナに勧められてその牙を大地に蒔いたが、そこから武装した男たちが生まれた。このスパルトイ族という男たちは互いに争って殺し合う。カドモスはテーバイの王となる。カドモスの孫はラブダコスといい、その子のテーバイ王はライオスといった。ライオスは呪いを受け、男子が生まれれば、その子に殺されることになっていた。しかしライオスは酔って妻と交わり、男子が生まれてしまう。ライオスは子供の踵をピンで貫いてから、山中に捨てさせた。牧人が子供を発見し、近隣の都市コリントスの王妃のもとに届ける。王妃には子供がなかったのでその子を養子にする。子供は足（pous-）が腫れていた（oidein）ので、オイディプスと名づけられた。成長して、友達と争ったとき、かれは偽りの子と罵られる。神託を聞くと、かれは父を殺し、母を妻とするという答えがあったので、この不幸を避けようとしてコリントスを去る。そして旅の途中でライオスと出会い、口論となり、本当の父とは知らずに殺害してしまう。テーバイに来ると、怪物スフィンクスが謎を出して人々を苦しめていたので、謎を解いてスフィンクスを退治する。王が何者かに殺されて王位が不在となり、またスフィンクスに苦しめられていたテーバイでは、スフィンクスを退治したオイディプスをライオス殺しの犯人とは知らずに王に迎え、ライオスの妻イオカステも与えた。こうしてオイディプスは知らずに父を殺し、母を妻とすることになり、呪い・予言は成就する。やがてテーバイに疫病が流行する。その原因が先王の殺害にあるとの神託を受け、オイディプスは犯人探しを始めるが、じつはその犯人とは自分であるのが明らかになる。これを恥じたオイディプスは自らの目を潰して盲目となり、放浪の旅に出て死んでしまう。かれと妻＝母イオカステの間にはエテオクレスとポリュネイケスという兄弟とアンティゴネとイスメネという姉妹の四人の子がいたが、父が去ったのち兄弟はテーバイの王座をめぐって争い、エテオクレスが王位に就くとポリュネイケスは敵国アルゴスの軍に加わり、力ずくで王位を簒奪しようとする。この戦いで兄弟は相討ちで亡くなる。戦いの後、テーバイの摂政となったクレオンは敵に寝返ったポリュネイケスの死体の埋葬を禁じるが、アンティゴネは法律よりも死体を葬るという親族の義務のほうが大事だといって、禁を犯して兄の埋葬を行った。

神話の構造分析

レヴィ＝ストロースは、この「神話」を十一の神話素に分け、それらを管弦楽の総譜のように通時的にも共時的にも読めるよう配置する。（図6）

前述の粗筋から十一の神話素を抜き出したレヴィ＝ストロースは、これら四つの欄のそれぞれが次のような共通性をもつと述べる。

第一欄に集められた挿話はすべて、いわば、その親近さが度を越している血縁者たちにかかわっている。これらの近親者たちは、社会の掟が許す以上に親密な処遇の対象になっているのである。だとすれば、第一欄に共通な特徴は、過大評価された親族関係にあることをみとめよう。と同時に、第二欄は、同じ関係を、逆の符号を付されたものとしてあらわしていること、すなわち過小評価された、あるいは価値を切り下げられた親族関係をあらわしていることが明らかになる。第三欄は怪物とその退治にかんしている。第四欄にかんしては（中略）共通性というのは、どれもみな、まっすぐ歩行することの困難を想わせる仮説的意味をもつということである。

こうして、第一欄と第二欄は矛盾的関係にあるとされるが、第三欄と第四欄の場合も同様であるとされる。

第三欄は怪物にかんしている。それはまず竜であり、人間たちの大地からの出生を可能にするために、退治されねばならない地下の怪物である。つぎはスフィンクスであり、これもまた人間の本性に関連する謎をかけて、その犠牲となる人間の生命を奪う。（中略）これらの怪物は両方とも、人間によって決定的にうち負かされるのであるから、第三欄の共通の特徴は、人間の土からの出生の否定にあるということができる。（中略）神話においてはしばしば、大地から生れた人間は、出現したときには、まだ歩けないか、あるいはうまく歩けない、という話がある。（中略）そこで、第四欄に共通する特徴は、人間の土からの出生の持続にあるといってよかろう。だとすると第四欄は、第一欄と第二欄のあいだにあるのと同じ関係を、第三欄とのあいだにもっているということになるだろう。この場合、関係群〔第一欄と第二欄、第三欄と第四欄〕をたがいに結びつけることの不可能性は、二つの矛盾的関係がどちらも他と同じく自己矛盾的であるかぎりにおいて、相互に同一的であるという肯定によって克服される（あるいは、より正確には、とって代られる）。

この部分はいささか難解なので、少し説明が必要だろう。レヴィ＝ストロースは第三欄が地下界と関係の深い「怪物」に関する神話素を集めたものであるとしている。たしかにギリシア神話では怪物は地下界的存在とされている。それにカドモスが退治するのは、典型的な地下界的怪物の龍であるし、その牙を大地に蒔くと、「大地から」スパルトイ族という男たちが出現している。またスフィンクスも人の顔、ライオンの身体、翼を備えた「怪物」であり、定義上からもすでに地下界的であるが、さらに蛇女エキドナ——蛇は龍と並んで典型的な地下界的存在である——の子あるいは大地ガイアが生んだ怪物テュポンの子とされており、一層地下界との関連が強調されている。そして龍は、「人間たちの大地からの出生を可能にするために」、カドモスによって退治される。しかし、人間が大地（土）から生まれることは、男女の交わりから生まれるという実態とは矛盾しているから、カドモスが龍を殺した結果として土から生まれたスパルトイたちは、互いに争って滅びなければならない。これ

第1欄	第2欄	第3欄	第4欄
カドモス、ゼウスに誘拐された妹エウロペーを探す			
		カドモス、龍をたおす	
	スパルトイ族、互いに殺し合う		
			ラブダコス（ライオスの父）＝「足に障害」(?)
	オイディプス、父ライオスを殺す		ライオス＝「左方」（？）
		オイディプス、スフィンクスを殺す	
			オイディプス＝「腫れた足」(?)
オイディプス、母イオカステと結婚			
	エテオクレス、兄弟ポリュネイケスを殺す		
アンティゴネ、禁を破り、兄ポリュネイケスを埋葬する			

図6　「オイディプス神話」の構造分析

が「人間の土からの出生の否定」という意味である。他方、オイディプスによるスフィンクス退治には、カドモスによる龍退治のような大地からの人間の出現とその出生の否定は語られていない。しかしレヴィ゠ストロースは、怪物退治という共通点によってこれも第三欄に入れ、ここにも「土からの出生の否定」が潜在的にあると見なすのである。

もちろん、スフィンクスについてのレヴィ゠ストロースのこうした解釈は強引で、問題がある。またかれは、スパルトイたちの殺し合いを「人間の土からの出生の否定」と解釈しているが、伝承ではすべてのスパルトイが死んだのではなく、五人は生き残って、テーバイの貴族の祖先となったとされている。しかし、ここでの目的はレヴィ゠ストロースの構造分析の方法論の紹介なのだから、神話の細部との不整合にはあまりこだわらず、紹介を進めることにしよう。

このようにレヴィ゠ストロースによれば、古代ギリシアには、人間は男女という二者の結合から生まれるという実態についての知識と、人間は土から（つまり一者から）生まれるという信仰が共存していた。信仰は正しいものとして守られねばならない。そこで、この矛盾に「橋をかけられるような一種の論理的道具」が必要となる。それが神話だというのである。

「血縁［関係］の過大評価とその過小評価との関係は、土からの出生をみとめずにすませようとする努力と、その成功の不可能性との関係にひとしいのである。経験［＝人間は男女の結合から生まれる］は理論［＝人間は土から生まれる］を否認するかもしれないが、社会生活は、社会生活と宇宙論とがいずれも同じ矛盾的構造を露呈するかぎりで、宇宙論に検証をあたえる。したがって、宇宙論は真である」。つまり、人間の誕生（宇宙論）をめぐる現実と信仰の矛盾を、親族関係（社会生活）における過大評価と過小評価という二つの矛盾した態度と併置して同質と感じさせることによって——もちろん無意識のうちに——、宇宙論の方から目を逸らさせ、信仰を守る結果を生むという考え方である。こうして神話は矛盾を複数並列することによって、より問題となる方の矛盾の深刻さを軽減するものであり、「神話の目的」は、「矛盾を解くための論理的モデルの提供にある」とされる。

はたして、こうした構造分析から得られた「神話の目的」が、正しいものかどうかについては、依然として賛否両論が分かれている。ただ、レヴィ＝ストロースが神話の意味や分析方法において、従来とはまったく異なる見解を提示したことは疑いえない。個別要素ではなく関係の束を分析すべしという「原則」は、デュメジルがすでに示していたが、対立・矛盾するような二項を探していく具体的な分析方法は、レヴィ＝ストロース独自のものである。やがてかれはこうした分析法に改良を加えながら、個別の神話ではなく、複数の神話の間に対立・矛盾の二項関係を探していくようになる。

神話的思考

神話に見られるこうした論理的思考を、かれは「神話的思考」（pensée mythique）と呼ぶ。そして、「神話的思考の論理は、実証的思考の基礎をなす論理と同様に厳密なものであり、根本的にはあまり異なっていないようにわれわれには思われた。相違は知的作業の質によるというよりは、むしろこの作業が対象とする事物の本性によるからである」と述べる。十九世紀型神話学において、神話が、科学はもちろん宗教よりも以前の、まだ「未開状態」にあった人類の思考様式として説明されていたのとは雲泥の差である。レヴィ＝ストロースは、神話的思考は現代の科学的思考と対象が異なるだけで、その論理性に違いはないとするのである。

この神話的思考とは、「具体の科学」science du concret（『野生の思考』第一章「具体の科学」）とか「野生の思考」pensée sauvage（同書、第八章「再び見出された時」）とも表現される。

こうした「神話的思考」「具体の科学」「野生の思考」が目指すのは分類体系の構造化だが、レヴィ＝ストロースはこれを歴史的思考と対立するものと見ている。かれの意見では、ヨーロッパとアジアの大文明は歴史によって自らのあり方を説明することを選択した。そしてその結果、自然に存在する事物を分類して体系化・構造化することによって世界を理解するという「神話的思考」「具体の科学」「野生の思考」の立場を捨て去ったのである（「再び見出された時」）。もちろんかれは、歴史的思考を拒否して神話的思考を行う社会に歴史がないといっているのではない。ただ、歴史を重視せず体系を重視する態度に二つの思考様式の対立を見るのである。

こうした、いわば「神話中心社会」と「歴史中心社会」という対比と、「神話中心社会」

のほうを「歴史中心社会」よりも評価する態度とは、エリアーデやキャンベルとも共通するもので、二十世紀型神話学の特徴的要素の一つである。

第七章　レヴィ＝ストロースと「神話論理」

『神話論理』

レヴィ＝ストロースの神話研究の集大成が、『生のものと火を通したもの』、『蜜から灰へ』、『食卓作法の起源』、『裸の人』の四巻からなる『神話論理』（一九六四―七一）である。概要を理解するだけでも困難なほどの大作だが、その規模の壮大さや興味深い数多くのテーマ、さらにはそこに盛り込まれた分析法の卓抜さの一端でも感じてほしい。

かれは神話には「はっきりとした実用的機能が見あたらない」とする。そして、そうした非実用的な神話を研究対象とすることによって、人間の活動すべての基礎に共通して存在する精神の働きを立証できると考えるのである。

神話にははっきりとした実用的機能が見あたらない。（中略）神話はそれ自身よりもいっそう高度の客観性を備えた、自身とは別の現実というものと直接結びついてはいないのである。もし現実と結びついているならば、神話はその現実の秩序を精神に伝えるはずだが、実際のところ精神の方はまったく気ままに創作活動に耽っているように思われる。（中略）もしも見た目のでたらめさ、野放図と形容される表現の噴出、奔放と見える創作などが、深い次元で作用している法則に由来していると証明できるならば、つぎのような結論が不可避となるだろう。すなわち精神は、事物を用いて構築するように強制されず、自分とのみ向かい合うような状態におかれると、いわば自分を事物と見て自分自身を模倣せざるをえなくなるという結論である。またその場合でも、精神の作用の仕方の法則は、〔事物を対象とする〕他の機能の場合と基本的には異ならないのであるから、精神の本性が「物の中の物」であるということも明らかになる。もっともそこまで論理を推し進めずとも、神話においてさえ人間精神の働きが規定されているのならば、ましてや他のどの分野でも同様であるに違いないという確信を得るだけでも十分であろう。（『生のもの』「序曲」）

四巻を通じて、南北両アメリカ大陸の八百以上の神話、それらの異伝を含めれば千四百以上の神話が論じられる。それぞれには mythe（神話）の略号のMと個別番号がつけられている。また同じ神話に複数の異伝がある場合には、さらにアルファベット小文字も加えられる（たとえば、M1、M530aなど）。

はじめの二巻は主として南米の神話を、後の二巻は主として北米の神話を扱っている。レヴィ＝ストロースは、かつてかれ自身が調査した南米アマゾン流域に住むボロロ族の神話を「基準神話」（M1）とし、しだいに比較の対象を拡大していって、北米神話にいたる。

ボロロ神話から始まるこの神話探究の大旅行は、かれにいわせれば、他の地域から始めることも可能であった(『テーブルマナー』「緒言」)。南米から始めたのは、「南米神話は北米のそれに比べるとはるかに数が少なく、全体像を見るための予備段階にはよりふさわしい」(『裸の人』「終曲」)ためである。

「神話の構造」が神話の内部での分析であったのに対して、『神話論理』では神話内部での分析の他に、個々の神話を一つの項と見て、複数の神話間の構造も問題とされている。

『生のものと火を通したもの』

第一巻では生のものと火で料理されたものの対立が、自然から文化への移行として説明され、他方、新鮮なものと腐ったものの対立が、自然への回帰として説明される。文化への移行の過程は主として火の獲得や料理の始まりとして描かれるが、他に農耕の始まりや装身具の発見としても描かれる。

まず、ボロロ族の基準神話M1が紹介される。

母親が若者の成人儀礼に必要なペニスケースの材料を採りにでかけるが、若者は正体が分からないようにして母親を襲い、強姦してしまう。しかしやがて息子が母親を犯したことを父親が知ることになる。父親は激怒し、若者に数々の難題を課すが、若者は祖母の助けを借りて難題を果たすのに成功する。最後に父親は、若者と一緒にコンゴウインコを捕りに行き、若者を高い巣に登らせてから梯子を外して、巣の上に置き去りにして立ち去る。

若者は食料を得るために弓矢を作り、それでトカゲを捕らえて、食べて余った肉は身体にしばっておいたのだが、肉が腐って、その臭気でかれは気絶してしまう。するとコンドルがきてトカゲの肉ばかりでなく若者の尻も食べてしまう。尻がなくなり食べ物が体内に留まらなくて困っていた若者は、塊茎で人工の尻を作った。そしてコンドルに地上に降ろしてもらい、祖母のもとに帰った。ある晩、嵐があり、祖母の家の火を除いて、すべての家の火が消えてしまった。若者の父親の第二夫人、つまり義理の母が火を貰いにきて、死んだと思っていた若者の姿を見て、父親に知らせた。父親は何事もなかったかのように若者の帰還を祝うが、若者は復讐を誓っていて、狩猟の際に弟の助けを借りて、鹿の角をつけた姿で父親に襲いかかって湖に投げ込む。父親は肉食魚の姿をした精霊に食われ、その肺は形の似た浮草になった。若者は村に戻ると、自分の母親も含めて父親の妻たち全員に復讐した。

ボロロ族と隣接するシェレンテ族には、火の獲得、料理の始まり、文化への移行を物語る神話（M12）がある。

男が木の空洞の巣にいるコンゴウインコの雛鳥を捕らえるために、義理の弟を連れて森に行った。男は若者を木に登らせて、巣の中を探させた。若者は巣には卵しかないといった。男は雛鳥がいるのは分かっているんだというと、若者は口に含んでいた白い石を下に落とした。石は卵に変わり地面で潰れた。男は怒って梯子を外して帰ってしまった。若者は巣に残され、そこで五日を過ごさねばならなかった。するとジャガーが通りかかった。そして若者に二羽の雛鳥を投げ落とさせ（実際は巣の中にいたのである）、それからかれに飛び降りるようにいって受けとめてやり、かれを自分の背中に乗せて棲家に向かった。その途中には三箇所ほど小川があった。若者は非常に喉が乾いていて水が飲みたかったが、ジャガーはそれぞれの水には持ち主がいるので飲んではいけないといった。しかしとうとう最後の三番目の小川では、その水の持ち主であるワニの嘆願も聞かずに、小川の水を飲み干してしまった。ジャガーの家に来ると、ジャガーの妻は若者に敵意を示した。ジャガーは若者に矢と飾りと炙った肉を与え、村への道を教えた。またもしジャガーの妻が追いかけてきたならば、妻を射るようにと語った。若者はジャガーの妻を殺して、自分の村に戻った。そして若者から炙った肉を教えられた村人たちは、若者の案内でジャガーのもとから火を奪うのに成功した。

レヴィ＝ストロースはM1に「コンゴウインコとその巣」、M12には「火の起源」という題をつけているが、M1は暴風雨の起源の神話、つまり天上の水の神話であり、同時に火を消し去る「反―火」の神話であるとも指摘している（第二部「短いシンフォニー」）。またM12の若者は、喉が乾いて小川の水（地上の水）を飲み尽くしている。これはある意味では「反―水」の神話ともいえる（第三部「オポッサムのカンタータ」）。こう考えるなら、M1

では天上の水が与えられて火が「奪われ」、M12では火が与えられ、地上の水が「奪われ」ており、両者の内容は逆転しているといえる。しかし二つの神話は、鳥を捕らえにいった若者が、親族との反目が原因で高所に取り残されるという骨組みは共通である。

この二つの神話の例からも分かるように、レヴィ＝ストロースは次々と比較する神話を増やしていき、論理的な親縁性を発見していく。こうしてM1から始まる南米神話群は一つの織物のように結びつけられ、さらに北米に向かって延びていく。

『蜜から灰へ』

第二巻では、文化の象徴としての火である料理の火を中心点とすれば、それをはさんで対極的な位置関係にある蜜とタバコという二つの物質をめぐる神話が考察される。蜜とタバコは、いずれも口から摂取される点で料理に近いが、蜜はハチという非‐人間によって作られ、自然状態のまま摂取される。これに対して、タバコは火によって変化させられる点は料理と同じだが、灰になるまで燃やされ、煙の形で摂取される。つまり蜜は料理の手前にあり、タバコは料理を越えた位置にあるというのである。これら二つの物質は料理との親近性と差異とを同時に有する点で両義的であり、その両義性ゆえに対立物の媒介として神話の中で大きな役割を果たすとされる。

『食卓作法の起源』

第三巻はテーブルマナーの神話的起源を考察する。文化における料理の火、つまり「建設的な火」の重要性は、すでに第一巻に述べられているが、もう一つの天上の火である太陽についても多くの神話がある。しかし料理の火と対照的に、太陽は近すぎると相手を焼き尽くしてしまう「破壊的な火」である。また太陽は月とともに昼夜の周期をつかさどる。人間の生活にとっては、地上からの距離においても、昼夜の長さにおいても、一定の秩序が保たれている必要がある。周期と秩序の観点からは、女性の生理も同じリズム体系に入る。女性が社会秩序に反する行為をすれば、それは女性自身の周期を狂わせるばかりでなく、世界の周期をも混乱させると考えられている。

このように特に女性に教育が必要だとされるのは、女性が周期的な存在だからである。（中略）そして食事のタブー、行儀作法、食器や洗面具は、いずれも二重の機能（遠ざけすぎず、近づけすぎない）を果たす媒介的存在ということになる。（中略）それらがそれぞれ極めて強い力を帯びている二つの極（自然と文化）の間にあって、緊張を無化するか緩衝化する絶縁体ないしは変圧器としての役割をもっていることは疑いない。しかしそれらはまた、計測の基準としても働く。（中略）それらの強制的な使用によって、生理的過程や社会的行動に適切な間隔が割り当てられるのである。（第七部「生きる知恵の規則」）

『裸の人』

第四巻にいたって、Ｍ１からしだいに広がりつつ北上してきた神話の変形と連鎖は、ついに北米太平洋岸のカリフォルニア州北部からオレゴン州にかけての地域で、Ｍ１と同形の神話群に到達する（図７）。例として、クラマス族の神話Ｍ530ａ「鳥の巣あさり」を見よう。

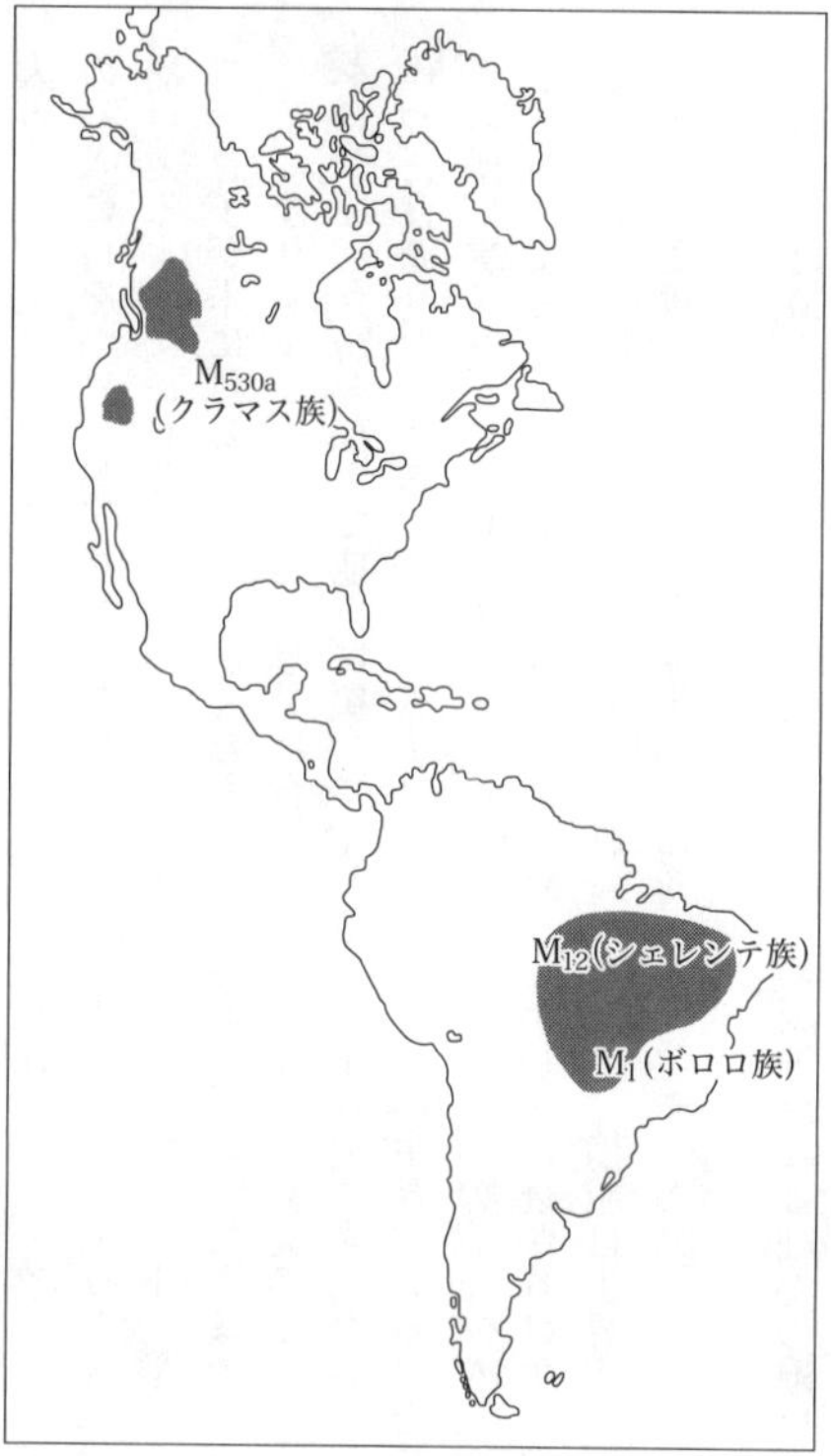

図７　M_1　M_{12}　M_{530a}の分布

太古、造物主クムカムチュは息子アイシシュと住んでいた。クムカムチュは息子の妻たちの一人に目をつけ、息子を厄介払いしようとした。そこで息子に木に登り、巣からタカを捕らえるように命じる。そしてその前に息子にシャツ、ベルト、髪飾りを取らせ、裸にする。息子が木に登ると、木は高くなり、降りられなくなってしまう。父は息子の服を着て息子になりすます。木の上の息子は食物がないのでやせ衰えるが、二人のチョウ娘がかれを見つけ、食物を与えて地上に戻してくれる。息子は妻たちに会い、ヤマアラシの針毛で作った首飾りを与える。クムカムチュはアイシシュが生きているのを知ると、かれを出迎えるが、アイシシュは自分の息子に命じてクムカムチュのパイプを火中に投じさせる。パイプが燃え尽きると、クムカムチュは死ぬ。しかしその後かれは生き返り、息子に復讐しようとして、空一面に樹脂を塗り、それに火を放つ。樹脂は世界中を覆う湖に変わるが、息子の家だけは無事である。（第一部「家族の秘密」）

この神話はＭ１と大変似通っている。もちろん両神話には細部の違いもあるが、レヴィ＝ストロースは、そうした違いもまた見事に対照的となっていると指摘して、次のように述べる。

さてこの時点で、北米と南米の二つの鳥の巣荒らし男の物語には対照性が見られることを強調しておくのが適当だろう。Ｍ１の英雄はまだ未成年らしいが、母を強姦している。これに対して、M530a－531の主人公は母をもたず、大人で結婚しているばかりか、多くの妻をもっている。十二人の妻としている場合もある。神話の冒頭では一方はボロロ族にとって唯一の衣服であるペニスケースさえまだ身につけていない。他方はずっと多くの衣服の持ち主である。（中略）もし私が示したM1の解釈が正しいとすれば、母の強姦とは子供と女性の世界を離れてメンズ・ハウスに参加するのを拒否する態度である。これに対して、アイシシュは男性の側と非常に強く結びついており、このためかれは父によって二度目の懐妊をされている〔父が息子になりすますことか？〕。（中略）こうした対照性は神話のあらゆる側面におよんでいる。たとえば、M1の冒頭の父の妻との近親相姦は、M530a－531では息子の妻との近親相姦に逆転している。いずれでも父は鳥の巣を荒らすという口実で息子を木の上や岩の岸壁に登らせて置き去りにするが、それは第一の場合には復讐のため、第二の場合には策略のためである。また一方の鳥は果実食の典型のコンゴウインコであり、他方の鳥は猛禽類の典型のタカである。取り残された主人公はやせ衰えるが、一方は外部からの攻撃によってであり（M1）、もう一方は内部からの衰弱によってである（M530a－531）。そして主人公はM1では肉食でオスのコンドルによって、そしてM530a－531では無害でメスのチョウによって地上に戻される。家に戻ると、M1の主人公は弟の助けをかりて復讐を企む。M530a－531では助けるのは主人公の息子である。そして害をなした父は滅びるのだが、一方は火によって、もう一方は水によってである。（第一部「家族の秘密」）

こうした遠く離れた二地域の神話に見られる一致あるいは対照性は、偶然の産物であろうか。もちろん、レヴィ＝ストロースはそう考えない。では歴史的な伝播の結果であろうか。その可能性は皆無とはいえないが、非常に難しいし、かれはそう考えてもいない。ボロロ族と近隣する諸部族の神話はボロロ族の基準神話の異伝であり、またその近隣の神話が別の地域の神話の異伝であるという具合に、次々と神話どうしの関連を指摘しつつ北米のクラマス族の神話にいたっているのだから、そうした中間段階の異伝を無視して二地域の直接の交流を考えることはできない。そうなると唯一の説明は、神話の構造に基づいてある神話がつぎつぎと変換されていった結果、とうとう元とほぼ同一の姿に戻ったというものとなるだろう。

では、こうした変換の過程は意識的なのだろうか。もちろんレヴィ＝ストロースはそう考えない。南北両アメリカ大陸のすべての部族が意識的にそうした作業を行ったとは考えられない。かれは（言語的）知性が人間に意識されずに無意識において、二項対立を特徴とする神話の構造を用いて、世界を秩序あるものとして理解しようと努めていると考える。その場合に材料として用いられるのは、周囲にある事物である。そうした事物は自然（天体、動物、植物）のこともあるし、文化（親族関係、火、道具）のこともある。しかし事物はあくまで考えるための手段である。問題は項自体ではなく項の関係なのだ。そしてそれは基本的には二項対立の組み合わせとなる。

では項の数やその組み合わせ方は無限なのだろうか。身の回りの自然と文化を手がかりにするのだから、その組み合わせ方は無限に近いかも知れないが、しかし人間が世界を秩序あるものとして理解するためという目的がある以上、その目的の範囲内ということならば、たとえ数は多くとも項に選ばれるものは限られてくる。レヴィ＝ストロースは「神話と失念」という論文（『はるかなる視線2』所収）の末尾で、「神話の思考は、限られたレパートリーのなかでしかテーマとモチーフを選ぶことができない」と述べている。

すると当然、項の組み合わせ方によってほとんど同じ神話が存在する可能性も否定できなくなる。M1とM530a－531の類似はそうして説明されるべきとかれは考えているらしい。そしてその結果が、「神話学の大地は丸い（中略）それは閉じたシステムを成している」とか、「神話の大地は丸いばかりでなく、空洞である」という印象的な表現となる（『蜜から灰へ』第二部「カエルの祝宴」）。

末尾に置かれ、『神話論理』四巻全体の結論ともなっている「終曲」（finale）では、神話からさまざまなものを読み取ろうとする動きとは一線を画する次のような指摘が行われている。

われわれは次のことを受け入れねばならない。神話は世界の秩序や現実の本性や人類の起源と運命について、役立つことを何一つ語ってはいない。またそこから何らかの形而上学的迎合も期待してはならない。神話は疲労困憊したイデオロギーの救出など望んでいないのである。しかし他方、神話はわれわれにその由来する社会については多くのことを教えてくれ、社会の動きの内的メカニズムの解明を助け、一見したところでは調和が理解しがたい信仰、風習、社会機構の存在理由を明らかにしてくれる。そして最後に、もっとも重要な点だが、神話は人間精神の作用の仕方を理解することを可能にしてくれるのである。

ここでいわれている「人間精神の作用の仕方」とは、神話という形式に則って、意識されることなく働くというスタイルである。つまりレヴィ＝ストロースは、自ら考え、選択するという人間精神の自由、サルトルのような実存的生き方を幻想として否定しているのだ。

レヴィ＝ストロースの儀礼論

神話と儀礼の関係を、レヴィ＝ストロースはどのように理解しているのだろうか。この問題を考えるうえで注意すべきは、かれが「神話」を二つの範疇に分けている点である。かれは普通に神話と考えられているものを「明白的神話」とし、それ以外、普通は神話とは呼ばれない儀礼の説明も神話の一部と見なして、それを「暗黙的神話」とする（『裸の人』「終曲」）。

かれがこうした見方をする背景には、いわゆる神話、つまりレヴィ＝ストロースのいう「明白的神話」が見当たらない地域があるためである。しかし神話の見当たらない地域でも、儀礼は見られる。そこで人類学者からは、儀礼研究のほうが人々の思考を理解するうえで重要だとする意見も出されている。かれらはまた、儀礼における感情の解放を重視している。理知的で思弁的な神話にはそうした感情の解放の側面が欠如しているから、その面でも神話よりも儀礼が重要だとも主張している。たとえばイギリスの人類学者ヴィクター・ターナー（一九二〇―八三）は、『儀礼の過程』（一九六九）においてそう述べている。

神話研究の意義について示されたこうした疑念に対して、レヴィ＝ストロースは次のように反論する。

> 現代の儀礼理論家たちは（中略）明白的神話だけを、恣意的に神話の名で呼び、他方では神話の範疇に属するべき、儀礼と結びついた注釈や解釈などを、儀礼そのものの側に組み込んで、両者を混同している。このように二つの範疇を、一緒くたに混ぜ合わせてしまう結果、かれらは、それが言語的であるとも、非言語的であるとも、認識的機能を果たすとも、また感情的な機能を果たすとも、その他どんなことでも言えるような奇怪な対象を手にすることになるのである。（「終曲」）

それではレヴィ＝ストロースにとって儀礼とはどんなものなのだろう。かれの答えは、暗黙的神話を削除した残りである言葉、動作、品物の取り扱いという三つの活動のみが儀礼であるというものである。

しかし、言葉も動作も品物の取り扱いも日常見られる行為である。そこで今度は、レヴィ

＝ストロースは儀礼と日常行為の違いを説明することになる。かれの見るところ、儀礼行為と日常行為の違いはその程度差にある。儀礼では動作や品物の取り扱いは、煩雑なほど段階ごとに細かく区分される傾向がある。こうした特徴をかれは「細分化」と呼ぶ。また儀礼ではまったく同じ文句あるいはほとんど同じ文句が飽きることなく繰り返される傾向もある。これをかれは「反復」と呼ぶ。一方は無限に区別を設けることであり、他方は同じことを繰り返すことなのだから、両者は正反対の動きのように見える。しかしレヴィ＝ストロースは、両者が実は同一の目的をもっていると説明する。

見た目には細分化と反復という二つの手法は正反対である。一方は同一と見える手続きの中にどれほど些細であっても差異を見いだすし、これに対して他方は同じ内容を無限に繰り返す。しかし実は、最初の手法は第二のものと同一なのである。第二の手法は最初のものの極限形態と呼んでも構わないのである。差異は無限に推し進められるなら疑似的同一性の中に消失してしまう傾向があるのだ。

こうした儀礼における細分化と反復の同一化を、レヴィ＝ストロースは映画になぞらえている。映画のフィルムはコマに細分化され、それを反復することで動作がスクリーン上に再生される。そのように、儀礼とは細分化と反復を組み合わせて一つの世界を再現する試みだというのである。

このようにレヴィ＝ストロースによれば、儀礼には神話的思考と正反対の方向性があることになる。神話が世界を分割し、それによって秩序を生み出そうとするのに対して、儀礼は連続性に固執するのである。

儀礼のもつ感情を解放する側面を重視する儀礼理論家たちは、レヴィ＝ストロースを知性偏重として批判するが、レヴィ＝ストロースにとっては、儀礼もまた知性の働きの産物である。かれは感情の背後にも知性の働きを認めるからだ。ただし、その知性の働きの方向が、神話と儀礼では正反対だというのである。

かれの考えでは、世界は連続的であり、そのままでは理解できない。そこで人間は二分法による弁別を特徴とする神話的思考によって世界を分割し、秩序化することで理解しようとする。しかしそれはあくまでも人間の知性の働きであって、現実ではない。現実の世界は依然として連続したままであり、知性による秩序化は永遠に到達できない夢でしかない。この不可能の感覚が不安を喚起する。そしてそれを打ち消すため人間は自ら作りだした分割を否定し、逆に連続性の感覚をもたらす儀礼を行うというのである。

〔儀礼の〕感情的側面は一次的な要素ではない。普通に生活している状態での不透明感についていては、人間は不安を感じないし、実際のところ感じることができない。ただし生理学的な原因による内面的あるいは身体的な不調がある場合は別だが。これ以外で感じる不安感——もちろんここには儀礼も含まれる——というのは、まったく別種のものである。それは実存的な不安というより、認識論的な不安とでも呼ぶべきものである。知性は現実を概念化するために現実を分断するが、（中略）この不安とは、そうした分断によって生の経験の連続性とのつながりを回復することが不可能になるのではないかということで喚起されるものである。つまり、機能主義者たちが考えるように生の経験から思考へともたらされる不安では決してなく、むしろそれと正反対の方向に向かって生じる不安なのだ。それは思考がまさに思考であるがゆえに、知性と生活の間に絶え間なく増殖する落差を創造することから生じるのである。儀礼とは生活に対する反応ではなく、思考が生活から作りだすものに対する反応である。儀礼は世界に対しても、世界の経験に対してさえ直接には応答しない。儀礼は人間が世界を理解するやり方に対して応答するのである。結局の所、儀礼が克服しようとするのは、世界からの人間に対する抵抗ではなく、思考からの人間に対する抵抗なのである。

レヴィ＝ストロース神話学の特徴

レヴィ＝ストロースの本当の関心は人間精神の働き方にある。かれは元来哲学者なのだ。かれは人間精神が感覚的、情動的なものであるよりは、むしろ知的、秩序的なものであるという確信を、ヤーコブソンらの構造言語学との出会いによって早い時期からいだいていた。つまり、人間の知性の働きは個別の項よりも複数の項の関係性、構造にあり、それによって世界を二項対立的、弁別的に区分することで、人間は世界を秩序あるものとして理解しようとしたと、レヴィ＝ストロースは考えたのである。そこで、無秩序とも見え、人間精神の働きが現実によって束縛される度合いがもっとも小さいと思われる神話を研究対象として、そこに人間精神の構造が存在すると認めさせることができたならば、あらゆる文化現象に知的、秩序的な精神の働きが存在すると証明できるという考えにいたったのである。

もちろん、レヴィ＝ストロースは神話に深い関心をもっていたに違いない。そうでなければ、十年以上をかけて南北両アメリカの膨大な数の神話を根気強く分析することはしなかったし、できなかったろう。しかし同時に、かれにとって神話は、人間精神についてのかれの仮説を証明するためのもっとも適当な対象だからこそ研究対象として選ばれた、という側面も否定できない。

だから、かれが神話に向かったとき、すでにかれの頭の中にはヤーコブソンらの音韻の構造分析の図があったのではないか、そしてそれにしたがって神話を見たのではないか、という疑念も生じる。ここから神話を一つの軸、つまり物語の流れという時間軸だけでなく、もう一つ別の軸からも眺めてみようという視点が生じたのだろう。

では、もう一つの軸とはなんだろうか。当然それは時間以外の軸、つまりテーマに沿った内容をまとめる軸になるだろう。そして、どのようなテーマに注目すればよいか、またテーマ相互にどのような関係性を見ればよいかが、次の問題点となるはずである。

どのようなテーマに分けるかという場合、ここでも言語学のモデルに倣って、二項対立が基準となったのではないだろうか。レヴィ＝ストロースの場合には「はじめに二項対立ありき」だったのであろう。こうして神話の構造分析の手法が整えられる。

音韻の構造分析によって言語の構造分析が可能となり、言語の構造分析によって神話の構造分析が可能となる。いずれも言語という共通の要素をもつのだから、構造言語学の分析方法の神話への応用はまったく場違いとはいえない。しかし神話には音韻とも言語とも違う面がある。音韻論の構造分析を模倣して神話の構造を分析できたとしても、それが一体何のために存在するのか、神話はわれわれに何を語るのかという理由については、構造言語学から示唆を得ることはできない。そこで神話は、人間にとって解決が困難と感じられる根源的な対立や矛盾を、媒介となる観念を用いて無化しようとする論理操作であるという説明が提案される。繰り返すが、こうした神話の存在理由の説明は、構造言語学には由来していない。レヴィ＝ストロース自身の発案なのである。

こうした神話の存在理由についての考え方は、むしろ神話の内容から直観的に導き出されたものだという感想を禁じえない。神話はたしかに荒唐無稽な内容をもつことも多いが、その中に人間にとっての重大な関心が反映していることは否定できない。だからこそレヴィ＝ストロースも二項対立の項として親族関係、誕生、食物などに注目するのだろう。

そしてもう一つ、人生は謎と矛盾に満ちているということも忘れてはならない。なぜ人は死ぬのか、なぜ水や火は有用であると同時に危険で破壊的でもあるのか、なぜ動物は生で食べて人間は料理して食べるのか等々。そうした謎や矛盾が神話で主題となっていたとしてもむしろ当然かも知れない。レヴィ＝ストロースの神話研究は、分析方法については構造音韻論に範をあおぎ、存在理由については神話自体から直観的に導き出したものであるというのが、私の見方である。

神話の構造か、それとも物語の構造か

レヴィ＝ストロースの構造分析の手法の有効性は誰も疑えない。かれの分析によって、一見したところでたらめとも思える神話の内容が、内的整合性、対応性、必然性をもつことが説得的に示された。しかしそれは神話というテクストにのみ限定して適用されるべき手法なのだろうか。伝説や昔話など、作者が分からない他のジャンルの物語、さらには作者が特定できるが意識的というよりはむしろ無意識的に書かれる割合が大きい作品——たとえば詩——などについても構造分析は有効なのではないか。もし仮に有効だとすれば、神話の目的あるいはメッセージの部分はともかく、「神話の構造」とは「物語の構造」となってしまう可能性が出てくる。

ここでまた、本書の冒頭で問題とした神話の定義が顔を出してくる。レヴィ＝ストロースは矛盾しているものが神話であるという立場であった。またレヴィ＝ストロースは儀礼論に関連して、明白的神話と暗黙的神話という区分を導入し、儀礼の注釈もまた内容的には神話であると説明した。矛盾を含むか否かという基準も、儀礼の注釈も神話であるという見解も、普通私たちがイメージするような神話、伝説、昔話という区別の枠組みの中での「神話」とは重ならないものである。

そもそもレヴィ゠ストロースが『神話論理』で対象としたような無文字社会では、われわれが考えるような歴史は成立しないし、したがって伝説というジャンルを設けることはむずかしい。また、「原本まえがき」で私なりの神話の定義を示した際、物語を伝承する社会がそれを神聖視しているかどうかが神話に分類する際の一つの基準になるという見解を述べたが、そこでも指摘したように、ある物語を神聖視するか否かは当の社会の問題であって、それ以外の人々もその物語を神聖視できるかは必ずしも確かではない。だから、レヴィ゠ストロースが神話とは矛盾を含む物語だという場合の神話とは、われわれが神話以外のジャンルと理解している物語も含む可能性は否定できないのである。かれのいう神話の構造分析が物語一般にどの程度まで適用可能かを探ってみる必要がありそうである。

第八章　エリアーデと「歴史の恐怖」

生涯

宗教学者ミルチャ・エリアーデ（一九〇七―八六）の思想は、祖国であるルーマニアの歴史と強いつながりがあると思われる。そこでまず近代ルーマニア史を簡単に跡づけることから始めよう。十九世紀の後半に独立性を強める以前、ルーマニアはオーストリア・ハンガリー帝国、ロシア、オスマン・トルコなどに支配されていた。しかし、一八七八年のベルリン条約によって独立を承認され、八一年にルーマニア王国となった。第一次大戦後にはトランシルヴァニアなどの領土を併合し、ほぼ倍の国土面積となった。しかしその結果として、同時に他民族を抱え込むことにもなったのである。

両大戦間の混乱の時期、西のドイツとイタリアではファシズムが勢力を伸長させ、東ではロシアに共産主義政権が成立した。この時期のルーマニアでは、ようやく獲得した独立が失われ、再び他国の属領となるのではという不安感が高まり、またユダヤ人を含むルーマニア人以外の民族を排斥して純粋なルーマニア精神を鼓舞する動きも盛んとなった。

こうした状況のもと、一九二七年には、ルーマニア人を宗教的、精神的に革新しようとする国粋主義の極右政治団体「大天使ミハエル軍団」が、コドレアヌとその父によって結成された。軍団は過激で暴力も厭わなかった。三三年にはかれらによってドゥカ首相が暗殺される。三人の犯人はドゥカが軍団を非合法化したから殺したといい、また暗殺は個人的行動であって、軍団自体とは無関係だと述べた。このため「隊長」コドレアヌは逮捕を免れた。この軍団からは、「鉄衛団」と呼ばれる秘密結社的過激派軍事組織が生まれた。

ドイツとイタリアでファシズム政権が成立し、いよいよ国家存亡の危機感をつのらせた国王カロル二世（一八九三―一九五三。一九三〇―四〇在位）は三八年、自らもファシスト的独裁政治をしき、反逆的な軍団の撲滅を目指した。そしてコドレアヌを逮捕し、ついで軍団の理論的支柱であったナエ・イオネスクも逮捕した。

この時期以降については、エリアーデの生涯とも関係が深いので、かれの生涯を追うことにしよう。

エリアーデはこうした国、こうした時代に生を受け、成長した。かれは一九〇七年にルーマニアの首都ブクレシュティ（ブカレスト）に生まれているから、その幼年期に次々と戦争を経験する運命にあった。一九一二年にはバルカン戦争、一四年には第一次大戦が起こった。そしてこの時には、ブクレシュティはドイツ・オーストリア連合軍によって占領されている。

かれの一家も軍隊や戦争とは無縁ではない。かれは陸軍大尉ゲオルゲ・エリアーデの次男であり、叔父のコスティカも陸軍将校であった。しかしかれの父は文学への関心も深かった。エリアーデ家の本来の姓はイエレミアだったが、父が十九世紀半ばに活躍した文学者・

言語学者、そして四八年革命の指導者であったエリアーデ＝ラドゥレスク（一八〇二―七二）に因んでエリアーデ姓に改姓したのである。エリアーデの文学好きはそうした父からの影響もあるのだろう。

早熟だったエリアーデは、不安定な内外の政治情勢の中でも、才能を開花させていく。二〇年には、「蚤の敵」という科学論文を書き、『通俗科学雑誌』に掲載されてはじめて原稿料をもらい、二一年には、論文「私はいかにして賢者の石を発見したか」を『民衆科学新聞』に発表する。また、小説コンクールに入選して賞金をもらう。二四年には、「アレクサンドリアの錬金術論」を書いて、科学雑誌に掲載される。かれはまた語学にも興味をもち、フランス語、英語、イタリア語、ヘブライ語、ペルシア語を学んだ。この頃、できるだけ睡眠時間を削って勉強しようと、四、五時間の睡眠で頑張ったが、二時間まで削ることには失敗したと、のちに回想している。

一九二五年には、ブクレシュティ大学文学・哲学部に入学する。かれはこの頃までにすでに百編以上の小論、随筆、紀行文、短編小説を種々の定期刊行物に発表している。大学では中世哲学の教授ナエ・イオネスクを師とした。イオネスクは『クヴントゥル（言語）』という雑誌の編集長で政治ジャーナリストでもあったので、エリアーデも政治ジャーナリズムと関わるようになった。学問的にはジョルダーノ・ブルーノ、ピコ・デラ・ミランドラなど汎神論、自然学のルネサンス哲学にひかれていた。

二七～二八年にはイタリアに行き、イタリア・ルネサンスについての卒業論文を書き上げた。このイタリア滞在中に、カルカッタ大学教授のS・N・ダスグプタ（一八八五―一九五二）の『インド哲学史』を知り、ダスグプタの下でインド宗教・哲学を学びたいと願うようになった。

二八年冬、エリアーデはカッシンバザールのマハラジャからの奨学金を得てインドに行き、ダスグプタのもとで学ぶことになった。しかし、三〇年にはダスグプタの娘マイトレーイとの恋愛が発覚して、追放されてしまう。その後、一時期は西部ヒマラヤ山麓でヨーガの修行をした。

三二年には帰国し、兵役に就いた。翌年には、小説『マイトレーイ』を発表し、大評判となった。また、博士号を授与された。そしてブクレシュティ大学でイオネスクの助手となり、宗教学を教えた。三六年には、博士論文『ヨーガ――インド秘儀起源論』が出版された。

三七年から三八年、恩師であるイオネスクが軍団の一員として逮捕されるまでの時期、エリアーデも軍団を支持していた。かれ自身は団員ではなく、実際の行動にも参加しなかったが、論評を通して鉄衛団の活動に支持を表明していたのである。この結果、当局に拘束され、数ヵ月にわたって取り調べを受けた。小説『マイトレーイ』によって若い世代を代表する知識人となっていたエリアーデに鉄衛団支持を撤回させることで、軍団への支持が衰えることを当局は期待したらしい。エリアーデは支持撤回を拒み、最終的には嫌疑不十分で釈放される。だがかれが助手を務めていたイオネスクが逮捕されたので、エリアーデは大学での職を失ってしまった。その後、ルーマニア作家協会の口添えもあって（この時期のエリアーデは学者よりもむしろ流行作家である）、宣伝省の一員として外国にあってルーマニアの宣伝活動に従事することになった。

こうして四〇年、エリアーデはロンドンのルーマニア王国公使館文化担当外交官に任命されて祖国をあとにする。翌年には、英国とルーマニアの国交断絶のためリスボンの公使館文化顧問に配置転換され、以後、第二次大戦が終結するまでポルトガルに滞在した。

軍団支持の疑いによる当局の拘束から政府の一員としての出国の経緯について、エリアーデ自身はあまり語っていない。かれに国内で活動されるよりも、国外に追放しておく方が安全という考え方が政府にはあったのかも知れない。また一部では、この時期エリアーデがスパイ活動に従事したという疑いも示されているが、これには確証がない。

大戦が終結すると、エリアーデも一時帰国するが、政府の一員であったかれは共産主義化した祖国に留まることはできず、難民となってパリで生活を始めた。パリを選んだのはフランスの学者たちとすでにリスボン滞在中から面識があったからである。そして以前からかれの研究に注目していたデュメジルの斡旋で、エリアーデは講師として高等研究院で講義を始めた。こうしたパリでの亡命学者生活は、五六年までつづいた。

四九年には、デュメジルの推挙によって、『宗教学概論』が出版された（デュメジルの序文つき）。また『永遠回帰の神話』も出版され、宗教学者、神話学者エリアーデの存在が注目を集めるようになる。パリ滞在中、エリアーデはたびたびスイスのアスコナを訪れ、ユングが主導していたエラノス会議に出席し（五〇、五二、五三年）、ユングやキャンベルらとも交流した。

五六年、転機が訪れた。シカゴ大学に客員教授として招かれたのである。そして翌年には正式の教授となった。こうしてかれの学問的活動の場はアメリカに移り、その後は八六年にシカゴで没するまで、世界的な名声に包まれて、広闊な研究活動を繰り広げることになった。

神話の定義

エリアーデは起源神話こそが神話の本質であるとする。表面的には起源神話とは思われない神話もじつは起源神話であるというのだ。

> 神話は、時の初めに、はじめて（ab initio）行なわれた太初のでき事として、聖なる歴史を物語る。（中略）神話を〈語る〉のは、そのはじめに起こったことを告げ知らせることである。神話が一度〈語られる〉と、すなわち開示されると、たちまちそれは抗すべからざる真理となる。それは絶対的真理を樹立する。（中略）神話は常に〈創造〉の報告であり、人は何がどのように行なわれたか、いかにしてそれが存在し始めたかを物語る。（中略）俗の領域に属するものは存在に関与しない。俗なるものは神話によって存在論的に基礎づけられることなく、何らの模範的典型をももたないからである。（『聖と俗』第二章

（「聖なる時間と神話」）

かれは、神話とは起源神話（であるべき）であり、真理の開示であり、存在を基礎づける模範的典型であると繰り返し強調する。こうした定義は分かりやすいし、神話の「役割」を説明する一つのやり方であるのも確かである。しかし、こうした定義がレヴィ＝ストロースの神話の「役割」の考え方を否定するものかというと、そうでもない。両者はすれ違うだけである。

また、神話をすべて起源神話とするエリアーデの定義が、神話研究を推進する上で有効かとなると、これまた疑問を呈さざるをえない。神話は起源を物語り、行動の規範となるだけのワンパターンなものならば、神話学とはもうそれでおしまいになってしまう。もちろん、そうした視点から解明される神話も多いに違いなかろうが、しかし同時に、この規範にそぐわない部分が「神話」から排除されてしまう可能性も否定できない。

レヴィ＝ストロースの指摘するように、常識では理解しがたいような途方もない物語が多くの神話の中で繰り広げられている。そうした想像力の横溢、無軌道さ、不可解さはエリアーデの分かりやすく単純な神話の定義では問題にされていない。かれの神話の定義に感じるのは、神話とはこういうものだと決めつけるような大胆さである。「はじめに神話の定義ありき」なのだ。なぜかれは神話を起源神話に一本化しようとするのだろう。これは考えてみるべき問題である。

古代社会と起源神話

この神話の定義の問題とは、一見したところ無関係のようだが、じつはその理由を解く鍵となり、同時にエリアーデの神話研究全体の動機の解明に役立つ重要な点がある。

神話の問題を主に論じるかれの著作のうち、『聖と俗』、『神話と現実』には二つの名詞を並列して対比させた題名がつけられている。また『永遠回帰の神話』の小見出しの一つも、「神話と歴史」と題されている。これら三つのペアは同じ二項対立を表している。一方は〈聖〉と〈神話〉の領域であり、他方は〈俗〉と〈現実〉と〈歴史〉の領域である。つまり神話は世俗的な現実世界と異なる別の次元に属すると理解されているのだ。しかも世俗的現実世界は歴史的なものともされている。とすれば、聖なる次元に属する神話は〈非歴史的〉で〈無時間的〉であると考えられていることになる。

こうした二分法がエリアーデに特徴的であることを理解したとき、はじめてかれの基本的立場を発見するアリアドネの糸を手にすることが可能になる。

そうした点を心に留めつつ、神話についてのかれの三つの著作のうちもっとも初期に属し、基本的立場が比較的明瞭に看取できると思われる『永遠回帰の神話――祖型と反復』を中心にかれの神話観の検討を進めることにしよう。

まず最初に、同書の「はしがき」を見ていく。そこでは同書の特徴が「古代社会の基本的観念の検討」にあるとされ、この「古代社会」(archaic societies) の内容が次のように説明されている。

古代社会はある形態の歴史《ヒストリー》を意識してはいても、いかなる仕方ででも歴史を重視しない社会なのである。かかる伝承社会を研究する際に、一つの特色が殊に気付かしめられる。それは具体的な歴史時代にたいする反抗、事物の始源の神話時代、「偉大なりし時代」へ周期的に復帰しようとするノスタルジヤである。われわれが「祖型と反復」(archetypes and repetition)と呼ぶところの意義と機能とは、具体的な現実の時代を拒否するこれら伝承社会の意志、自立した「歴史」、即ち祖型《アーケタイプ》によって律し得ないような歴史におけるあらゆる人間の試みに対する敵意を理解したときにのみ、始めてその姿をわれわれに啓示してくれる。この歴史の棄却(dismissal)、歴史への敵対は、本書が証明するごとく、単なる単純文化社会の保守的傾向の結果によるものではない。私の意見では、この歴史に対する軽視(即ち歴史を貫くモデルなしに起った事象への軽視)、及び俗的な、継続せる時間を拒否しようとする態度に、人間存在に対するある種の形而上学的安定をよみとることが正しい。

このようにエリアーデによれば「古代社会」の特色は、「具体的な歴史時代にたいする反抗、事物の始源の神話時代、『偉大なりし時代』へ周期的に復帰しようとするノスタルジヤ」にある。祖型にしたがって生きる社会である以上、始源を物語る神話すなわち起源神話なしには「古代社会」は存在できないのだ。このように、かれにはまず古代社会という前提があり、そこで必要不可欠とされているとかれが考える神話が起源神話である以上、神話の本質は起源神話であるという見解が導き出されてくるらしい。先ほど述べた「はじめに神話の定義ありき」というエリアーデ神話学の印象は、「はじめに古代社会ありき」と訂正したほうがよいかも知れない。

古代社会と近代社会

もう一つ、「第一章　祖型と反復」からも古代社会の内容を説明している箇所を引用しておこう。

この書物は古代的存在論のある種の様相――もっと正確には前近代社会の人間の行動からよみとられる存在と実在の観念を研究すべく着手されたものである。ここで前近代とか「伝承社会」というのは、通常「単純社会《プリミティーヴ》」といわれる世界と、アジア、ヨーロッパ及びアメリカの古代文明社会とをともに包含する。

ここでは、エリアーデは社会を二つのタイプに大きく分けている。一つは古代社会(archaic societies)であり、もう一つは近代社会(modern societies)である。古代社会のほうは伝承社会(traditional societies)、単純文化社会(primitive societies)、前近代社会（premodern societies）とも呼ばれている。ここに英語を併記したのは、日本語訳だけではこれらの用語の相互関係が不鮮明だからである。この結果、エリアーデは英語でいえばarchaic, traditional, primitive, premodern の四つを同一の内容を表現するのに用いていることが明らかになる。この社会は、「ある形態の歴史は意識してはいても、いかなる仕方でも歴史を重視しない」。そしてこれが近代社会つまり歴史を重視する社会と対比されるのである。

しかし、古代社会とその他の呼び名がまったく同一と考えられているわけでもなさそうである。なぜなら先に引用した第一章の最後の部分では、「ここで前近代とか『伝承社会』［traditional societies］というのは、通常『単純社会』［primitive］といわれる世界と、アジア、ヨーロッパ及びアメリカの古代文明社会［ancient cultures］とをともに包含する」といわれているし、第三章「不幸と歴史」でも「単純文化人」（the primitive）と「古代文化人」（the man of the archaic cultures）を区別して論じている箇所が見られるからだ。つまり、近代社会との対比では、その他の社会すべてをまとめて前近代社会とか伝承社会として論じるが、その中での差異を問題にする場合には、単純社会（または単純文化社会）と古代文明社会（または古代文化社会）に分けるということであるらしい。

また、これら二つの社会の人間は宗教についての態度も異なるとされる。

以下の研究においてわれわれは何よりも、宗教的人間［homo religiosus］が常に聖なる宇宙のなかに生きようと努めること、その結果、彼の全生活体験は宗教的感情をもたない人間や、聖なるものを失った世界に生きる人間の体験とは種類を異にすることを示そうと思う。しかし同時にここで言っておきたいことは、全面的に聖なるものを失った世界、全く非聖化された宇宙というものは、人間精神の歴史における新たな発見であるということである。いかなる歴史的経過をへて、また精神的態度にどんな変化が起こった結果、近代人がその世界を非聖化し、俗なる生存を採るに至ったかを明示することは、われわれの課題ではない。われわれは、この非聖化が近代社会の非宗教的な人間の全体験内容を特徴づけるものであり、かつその結果として彼らにとっては、古代社会の宗教的人間の生存次元を再発見することが、ますます困難になっていることを確証すれば足りるのである。（『聖と俗』序言、一部表現を改めた）

同じ内容は序言の最後の部分では、「聖化された宇宙のなかに生活し（中略）動物界や植物界にも同様に顕現する一つの世界的神聖性にあやかっている」宗教的人間と、「聖なるものを失った宇宙に生きている近代社会の人間」として対比されている。つまり『聖と俗』では古代社会と近代社会の対比に、宗教的な古代社会と非宗教的な近代社会という対照的な特徴づけが追加されているのである。

はたしてこんな大まかであまり科学的とは思えない二分法で人間社会や宗教を特徴づけてよいのか、と疑問をもつ人も多いだろう。しかし、これがエリアーデの考えの基本である。

問題は、なぜかれがこうした単純な二分法で宗教を説明しようとするのか、その動機であろう。

不幸と歴史

これまでの引用から、エリアーデが聖なるものとともに生きる古代社会を評価し、聖なるものを失った近代社会は評価していないことは明白である。古代社会ではあらゆる活動が、神話が物語る聖なるモデル（祖型）をもつ。つまり、「古代世界では、『俗的』活動は何も認められないということである。あきらかな意義を持つあらゆる行為――狩猟、漁猟、農耕、もしくは競技、闘争、性行為――は何らかの仕方で聖とかかわり合う。（中略）単なる俗的活動は何ら神話的意義を持たぬ、すなわち模範となるモデルを欠いている」（『永遠回帰の神話』第一章「祖型と反復」）。この結果、古代人は神話にモデルをもたない出来事である歴史を拒絶する。

古代人は出来る限りのあらゆる手段をつくして逆転不能（一回起）の、予測しがたい、自律的な価値を持つような事件の継続と見られる歴史に反対の立場をとる傾向を有している。古代人は歴史を容認し、それに歴史《ヒストリー》としてのかかる価値を与えることを拒絶する――もっとも歴史をつねに追い払い得るというわけではないが――。例えば古代人は宇宙的破局、軍事的災害、社会構造そのものに結びついた社会的不正、個人的不幸といったものに対して無力である。そこで古代人がいかにしてかかる「歴史《ヒストリー》」に耐え忍んできたかを知ることは興味ふかいものがある。すなわち古代人はいかにそれぞれの個人、それぞれの集団の運命を左右する災難や不運や「苦悩」に堪えてきたか、ということである。(『永遠回帰の神話』第三章「不幸と歴史」)

この引用からすると、エリアーデは歴史を災難をもたらす不幸と見なしている。こうした悲観的で否定的な歴史観を育んだのは、かれ自身の体験なのかも知れない。歴史の中で周囲の強国の争いに翻弄された祖国ルーマニアへの思い、また大天使ミハエル軍団に共鳴して伝統的価値観の重視を主張した結果、厳しい尋問を受け、失職し、そして第二次大戦後は共産主義によって祖国を失ったという体験が、かれの宗教・神話観に反映しているのだろう。

近代社会と歴史主義

エリアーデにとって、近代社会の歴史主義は人々を不幸の感覚から救うものではない。

ここでわれわれの目的からはただ一つの問題が関心をそそる。すなわち「歴史の恐怖」に、歴史主義の見地からいかにして堪え忍び得るのかという点である。歴史的出来事を、それが歴史的事実であるというだけの単純な事実、いいかえればそれが「かく起れり」という単純な事実によって正当化され得るということは、その事件が与える恐怖から人類を解放しようとする方向へは辿り得ないということだ。（中略）われわれは例えばその地理的な位置がちょうど歴史の道に配置されているという、すなわち絶えざる侵略を行ないつつある帝国の隣人であるとの単純な理由で、苦しみ、絶滅せられてきたかくも多くの人々の苦悶と絶滅を堪えしのび、かつ正当化することが、いかにして可能であるかを知ろうとすべきである。例えば南東ヨーロッパが数世紀にわたって苦しまねばならなかった事実、そしてそれゆえに、より高い歴史的存在へ、世界的規模における精神的創造への何らかの衝動を放棄しなければならなかった事実を、ただ一つの理由、すなわちそこがたまたまアジアの侵略者たちの通路にあたり、のちにはオットマン帝国の隣邦であったという、ただそれだけの理由でいかにして正当化し得るであろう。（『永遠回帰の神話』第四章「歴史の恐怖」）

かれはここで、近代社会の歴史主義は人々を苦しみから救っていないと語気鋭く喝破している。その時かれが思い描いているのが、「南東ヨーロッパ」にあって、「アジアの侵略者たちの通路にあたり、のちにはオットマン帝国の隣邦であった」、「苦しみ、絶滅せられてきた」祖国ルーマニアであることは、明らかである。エリアーデが古代社会や神話や宗教を強調するのは、かれが生きた二十世紀前半のヨーロッパつまり近代社会が、その歴史主義によってかれ自身の苦しみを救ってくれなかった反動であり、あるべき世界の存在様態として「古代世界」が想定されているためではないだろうか。かれが古代社会と近代社会という二分法を用いるのは、近代社会と歴史主義への反発や不信が根底にあると思われる。だからこそ、かれは「歴史の恐怖」という章題を掲げるのである。

かれにとって、歴史主義の近代社会は「悪」であり、それ以外の「歴史を重視しない」社会は「善」である。だから「善」の側の社会（伝承社会、前近代社会、古代社会、単純文化社会）は、地域や時代などの具体性における違いにもかかわらず、古代社会として一括して近代社会と対置されるのである。エリアーデ自身、こうした単純な二分法が問題を含むことはおそらく承知していたに違いない。しかし、かれには近代社会と歴史主義を批判するアンチテーゼとして古代社会を提示する理由があった。ルーマニア人としてのかれの歴史体験である。またそれは同時に、かれが聖なる秩序の範型としての神話の性格を強調する理由でもあった。神話は範型に倣って生きることを可能にし、したがって「歴史の恐怖」を克服することを可能にする手段だからである。そしてその結果、かれは神話の中でもすぐれて範型的・規範的である起源神話、創造神話、創世神話を神話の本質として強調することになったのである。

ヘブライの預言者

では、エリアーデは、近代社会の歴史主義が何に由来すると見ているのだろうか。その点については、次のような発言がある。

ヘーゲルの時代以来、あらゆる努力は、歴史的事件を、それ自身におけるそれ自身のための事件として、これに価値を得させ、かつ賦与する傾向にある。（中略）〔しかし〕一世紀後には歴史的必然性の観念は、次第に盛んな実際的応用を享受するに至った。すなわち、実際にすべての歴史上の残酷さ、無軌道さ、また悲劇が、「歴史的モメント」の必然性によって正当化されて来、また今も現に弁明されつつある。（中略）さてヘーゲルの歴史哲学とヘブライの預言者の歴史に関する神学理論との間に一つの相似を識別することが出来る。ヘブライの預言者にとっても、ヘーゲルと同様、歴史的事件は逆転出来ないものであり、神の意志の新しい表示であるゆえにそれ自身正当なものであるとする。――この命題は祖型の永遠の反復によって支配されるとする伝承的社会の立場からすれば、真に革命的なものであると知るべきであろう。（『永遠回帰の神話』第四章「歴史の恐怖」）

はじめ、近代歴史主義の出発点はヘーゲルの歴史哲学であるかのように語られているが、やがてさらにその淵源としてヘブライの預言者が指摘される。歴史に神の意志を見て、歴史を神による救済の過程と捉えるユダヤ・キリスト教的観念が近代社会と歴史主義の成立要因とされるのである。この点については、次のような説明もなされている（なお、引用中のイスラエルの「破局」とは、バビロニアによってイスラエルが滅ぼされ、主だった人々が捕虜として連行された「バビロン捕囚」の出来事を指している。エリア、エレミアらイスラエルの預言者たちはこの出来事を、神に背いたイスラエルに対する神の罰であると説いた）。

歴史的事件が宗教的意義を獲得したのは、すなわち歴史的事件をイスラエルの不信の返報として神によって加えられた罰と見なすことは、かかる預言者がその破局（ちょうどエリアからエレミア迄の期間にあたるが）によって民衆から是認された限りにおいてである。（中略）そこで歴史的事件が一つの意義を獲得しただけでなく、（中略）同じ一神の意志の具体的表現であることが証明されることにより、そのかくされた連繫があきらかとされた。かくてはじめて預言者たちは歴史に価値を置き、周期循環の伝統的視野（この周期循環とはすべての事物は永遠に反復されるに違いないとする観念である）を超越する「こと」に成功し、そして一方に流れる時間を発見した。（中略）従ってヘブライ人は神の示現として歴史の意義を発見した最初の民群であり、そしてこの観念は予期される如く、キリスト教によって採り上げられ、敷衍せられたといって正しかろう。（『永遠回帰の神話』第三章「不幸と歴史」）

同じ第三章では、古代社会の歴史への態度と、ヘブライ人↓キリスト教↓近代社会の歴史への態度の違いが次のような対比によって説明されている。すなわち、古代社会の人々は超人間的モデルにしたがい、祖型と一致して生きることによって、歴史に価値を与えることを拒絶し、それによって歴史の苦悩を堪え忍ぶ。これに対して、ヘブライ人は歴史を神の意志の示現と見て、その意志にしたがって生きるならば、結果として終末において救済されるという信仰をもち、それによって不幸や苦悩を堪え忍ぶ道を選択する。そしてこの選択がキリスト教に引き継がれ、近代社会の歴史主義を生み出したというのである。なおここからは、エリアーデが「近代社会」という語で何を意味しているのかも明らかになる。かれのいう「近代社会」とは欧米のキリスト教社会だったのである。

宇宙的キリスト教

では、エリアーデは、歴史の恐怖から解放されるために近代社会はキリスト教をその終末論と救済論ともども捨て去って、キリスト教以前の神話を中心とした宗教――キリスト教側からの批判的で軽蔑的な言い方では「異教」(paganism)、エリアーデの好意的な表現では「宇宙的宗教」――に立ち戻れといっているのだろうか。それは無理な相談であろうし、エリアーデもそうは主張していない。この問題について、かれは『神話と現実』の中で、宇宙的キリスト教という概念を提示している。

エリアーデは、キリスト教以前の宇宙的宗教はキリスト教化したのちも宇宙的なリズムの循環との連動を保持しつづけたとする。かれは、これは「決してキリスト教の『異教化』を意味せず、逆にかれらの先祖の宗教の『キリスト教化』を意味する」と注記している。そしてかれはこの宇宙的キリスト教を、「終末論と救済論が宇宙的局面を与えられた、独自な宗教的創造物」として評価し、古代社会と近代社会を融和させた形を実現させる理想的宗教と考えている。これは神学者たちエリートが考える「歴史的」なキリスト教ではなく、ヨーロッパの農民が受容した「多くの異教的要素」を含んだ「宇宙的」な「民間神学」である。

農民はかれらの宇宙における生存様式のゆえに、「歴史的」道徳的キリスト教に惹かれなかった。農民に特有な宗教経験は、「宇宙的キリスト教」と名附けられるものによって培かわれた。いいかえれば、ヨーロッパの農民はキリスト教を宇宙的儀礼として了解していた。（中略）旧約聖書の預言者に烈しく攻撃され、キリスト教会によって辛うじて許容された宇宙的リズムへの神秘的感情移入は、特に東南ヨーロッパでは、農民の宗教の中核を成すのである。（中略）東南ヨーロッパの宗教的民間伝承においては、秘蹟は自然をも神聖化する。（中略）農民の宇宙的キリスト教がイエスの出現によって神聖化された自然への郷愁によって支配されていることは明らかである。それは一種の楽園への憧れ、戦い、荒廃、征服がもたらす大異変から守られた、変貌し、不死身な自然を再発見しようとする欲望である。それはまた、間断なく多様な軍団に威嚇され、大小地主領主の各層から搾取されている、これら農耕社会の「理想」の表現である。それは歴史の悲劇と不正、つまり、悪はもはや個人の選択ではなくて、ますます歴史的世界の超個人的構造であることが判明した事実に対する受動的反抗である。（『神話と現実』第九章「神話の残存と偽装」）

これは、かれが理想とするような自然と一体化した宗教である。そしてそれが祖国ルーマニアの農民の宗教を念頭に置いて描かれていることも論をまたないだろう。

神話と儀礼

エリアーデにとって、神話の儀礼起源といった考え方は問題とならない。神話こそが優先し、優越するのである。儀礼とは「神話の再現」なのである。

> 神話の主要な機能は、すべての祭儀ならびにすべての人間の本質的活動（食事、性生活、労働、教育）に対する模範的典型を確立することである。人間が人間存在として充分な責任を以て振舞うには、神々の模範的所業を模倣し、彼らの行為を反復する。（中略）人間〔古代社会の宗教的人間〕はただ神話の教えに則ることによってのみ、つまり神々を模倣することによってのみ、真の人間となるのである。（『聖と俗』第二章「聖なる時間と神話」）

現代の神話

人間は本質的に「宗教的人間」であり、神話＝起源神話がその存在様式に必須の要素と考えるエリアーデは、神話が欠如しているからこそ近代人は「歴史の恐怖」に苦しめられているとし、近代社会も神話を必要とすると考えている。しかし、これまでのかれの議論によれば、神話の有無が古代社会と近代社会を区別するのであり、したがって、神話は古代社会の専有物のはずである。そこでかれは、古代社会で神話が占めていた役割を近代社会ではなにか別の物が果たしているのではないかという形で問題を提起する。そしてこうした問題意識をもって書かれたのが、「現代世界の神話」という論文である（『神話と夢想と秘儀』所収）。この論文でエリアーデは、まず二つの「政治的神話」を指摘する。第一はマルキストの共産主義である。

マルクスの言う階級なき社会とその結果としての歴史的緊張の解消ということは、多くの伝承に従えば歴史の始まりと終末とを特色づけているあの黄金時代の神話のなかにもっとも正確な先駆が見出される。

第二は国家社会主義（ナチズム）の神話である。

共産主義の神話の壮大で力強いオプティミズムに比較すれば、国家社会主義《ナチズム》によって使用された神話は奇妙なほど不手際であったようだ。（中略）キリスト教的価値を捨てて《民族》の精神的源泉、すなわち北欧的異教主義を再発見するためにナチズムは必然的にゲルマン民族神話を復活せざるをえなかった。だが（中略）そうした努力はまさに集団的自殺への導入であった。

また社会的レベルでの神話の偽装も存在するとされる。

外見上は世俗的であるが、現代世界において行なわれているある種の祭には、いまなお神話的構造と機能が残っている。つまり新年の祝賀、子供の誕生後の祝い事、あるいは家屋の新築や新居への移転ですら、まったく新たなはじまり、新生のはじまり（incipit vita nova）、つまり全面的な生まれかわりに対する漠然と感じられる欲求を計らずも表明している。（中略）現代人がそうした祝い事の神話的意味をどの程度まで意識しているかを計ることは問題ではない。ただいま重要なのは、こうした祝い事には漠然とではあるが深く現代人の生活に共鳴するものがあるという点である。（一部表現を改めた）

教育もまた神話的である。

神話的行動に本質的なもの――典型的なモデル、反復、世俗的持続の切断、および初源的時間への統合など――のうち少なくとも最初の二つは、あらゆる人間的条件にとって同質的である。したがって現代人が指導、教育、および教訓的文化と呼んでいるすべてのもののなかに、アルカイックな社会で神話によって充たされていた機能を見出すことはさして難しいことではない。

歴史的時間を無視し、歴史から解放されようとする態度もまた神話的とされる。そのための主な方法とエリアーデが考えるのは、見ることと読むことである。

見る娯楽の大部分の神話的手順にいちいち言及しなくても、闘牛、競争および体操競技の儀礼的起源を思い起こせば十分であろう。こうしたものはすべて、ある《集中化した時間》、神話的宗教的時間の剰余ないし継承としての強化された時間のうちに現われているという共通点がある。この《集中化した時間》はまた劇や映画の特殊な次元でもある。芝居や映画の儀礼的起源と神話的構造とを全然考慮に入れなくても、芝居と映画はわれわれを《世俗的持続》とはまったく違った性質の時間のなかに、つまり一切の美的意味内容とはまったく別に、観客の心に深い反響を呼びさましてくれるある集中的でかつ屈折した時間的リズムのなかに入れてくれる娯楽であるということはやはり重要な事実である。読むことに関する場合、問題ははるかに微妙である。それは一方では文学の構造とその神話的起源にかかわり、他方、読むことによって育成されてゆく人間の意識においてその読書が果たす神話的機能にかかわる。（中略）ただ神話的原型がある種の仕方で依然として偉大な現代小説のなかに生きていることだけを思い起こしておこう。小説の主人公が直面しなければならない数々の試練は、神話的英雄たちの冒険をそのモデルとしている。

ここでは、かつて古代社会と近代社会を峻別して、神話を古代社会の特徴とした厳格な態度は軟化してきている。神話をもつ社会ともたない社会というそうした二分法は、たしかに乱暴で極端と感じられた。しかしその時のエリアーデにはそうする内的必然性があった。かれは自分の体験を検証するために、神話の位置づけを必要としていたのである。

だが「現代世界の神話」になると、かれの態度はより柔軟になり、「神話および神話的イメージは俗化され、退化し、偽装していたるところに見出される」というようになる。もちろんこのテーマが真剣な考慮に値することは疑いない。けれどそこでは、神話の問題がかれ自身の実存的な問題と直結していた頃のような切迫感や緊張感が失われ、学者としての発言になっている気がする。

第九章　キャンベルと「神話の力」

生涯

ジョーゼフ・キャンベル（一九〇四―八七）の父方の祖父は、十九世紀半ば、ジャガイモの大凶作によって飢饉に陥ったアイルランドからアメリカに移民してきて、マサチューセッツ州で庭師となった。祖母もアイルランド出身である。父のチャールズはデパートの販売担当だったが、業績を認められて支店開設のためにニューヨークに移った。母方のリンチ家はスコットランド出身で、母ジョセフィーヌはニューヨークで育った。

ジョーゼフは一九〇四年にニューヨークで生まれた。一〇年、かれは父に連れられ、マディソン・スクェアー・ガーデンにバッファロー・ビルのワイルド・ウェスト・ショーを見に行った。また、自然史博物館では北西先住民のトーテム・ポールに魅了された。こうしたことが、かれの先住民への関心の始まりだったという。

一三年に一家はニューヨーク州ニュー・ロッシェルに移った。家の隣が公立図書館だったので、十二歳の頃には先住民の本に熱中した。十三歳の頃にはアメリカ先住民について、すでに大人の人類学者と同じだけの知識をもっていたという。またこの頃、先住民の物語とカトリックの伝承との間の類似に気づき、それが神話の比較研究を生涯の仕事とするきっかけとなったという。

一七年、一家はペンシルヴァニア州のポコノ山系に山小屋をもった。キャンベルはそこで子ども向けのアメリカ先住民の本を書いていた作家エルマー・グレゴルと出会う。

一九年、コネチカット州ニュー・ミルフォードにあった大学進学のための全寮制高校《プレップ・スクール》カンタベリー高校に進学した。

二一年には同校を首席で卒業。同年、生物学と数学を学ぶためダートマス大学に入学するが、まったく肌が合わなかった。一年生を終えた夏、家族の友人からレオナルド・ダ・ヴィンチの伝記を贈られた。これに感動して、理科系から文系、とくに文化史へと関心が移り、それにともないコロンビア大学に転校することになる。コロンビアでは陸上選手として活躍、半マイルの大学記録を出した。同時にジャズ・バンドでサクソフォンを吹いた。

二四年、ヨーロッパ旅行から戻る船上で、神智学会の学者たちがマイトレーヤ神として崇めていたインドの若者ジッデゥ・クリシュナムルティ（一八九五―一九八六）に会い、漠然とだがインド思想に興味をもった。

二五年、学士号取得。全米陸上大会（ＡＡＵ）にニューヨークの代表の一員として参加。ハワイに旅行。ハワイでは「サーフィンの父」と称されたデューク・カハナモクに会ってサーフィンを習い、サーフボードを贈られる。

二六年、アーサー王伝説について修士論文を書く。

二七～二八年、大学より奨学金を与えられ、パリ大学において、『トリスタンとイゾルデ』研究で有名なジョゼフ・ベディエのもとでロマンス言語学、古フランス語、プロヴァンス語を学ぶ。また、ジェイムズ・ジョイスの『ユリシーズ』を知る。彫刻家アントワーヌ・ブールデル、シェイクスピア・アンド・カンパニィ書店店主シルヴィア・ビーチなどとも知り合う。

二八年、ミュンヘン大学に移り、サンスクリットとインド＝ヨーロッパ比較言語学を学ぶ。フロイト、ユング、トーマス・マン、ゲーテらの思想を知り、大いに魅了される。

二九年、帰国するが、その二週間後に大恐慌に遭遇する。博士課程進学を諦めて、ウッドストックの森で働く。

二九〜三一年、作家を志し短編を書くがさっぱり売れなかった。ヘミングウェイ、ルイス、デューイ、ラッセルなどの文学、哲学書を読む。

三一〜三二年、将来を考えるため、車で西海岸まで旅行。カリフォルニア州サンノゼで旧友と会い、スタインベック夫妻に紹介される。ドイツの文明史家オズヴァルト・シュペングラー（一八八〇―一九三六）の『西洋の没落』（一九一八―二二）を知る。別の友人とカナダ西岸、アラスカまで旅行する。神話学と生物学の結びつきを意識しはじめる。

三三年、母校のカンタベリー高校で教鞭をとるかたわら、シュペングラー、マン、ユング、ジョイスを読む。しかしその年の終わりには職を辞し、再び無職となる。最初の小説が売れ、その代金とジャズ演奏の報酬を手にウッドストックに戻る。

三三〜三四年、ジョイス、シュペングラー、フロベニウス、マン、フロイト、ユングを読む。大学の恩師の紹介でニューヨーク州の女子大セアラ・ロレンス・カレッジで教えることになる。

四〇年、ナチス・ドイツを逃れて米国にきて、コロンビア大学で教鞭をとっていたインド学者ハインリヒ・ツィマー（一八九〇―一九四三）の講義を聞き、魅了される。かれはキャンベルにとってユング以上に「私のグル（導師）」となる。しかしツィマーは四三年、肺炎で死亡する。未亡人から遺稿の出版を依頼されたキャンベルは、この後十二年にわたってツィマーの遺稿を編纂し、刊行する。

五三年、スイスのアスコナでユングが主導するエラノス会議に出席。その後五七年、五九年には発表を行う。

五四～五五年、サバティカル（研究休暇）を利用してインドから日本までアジア各国を訪問。日本には七ヵ月ほど滞在し、日本語も学ぶ。その後、五六年、五八年にも日本を訪問する。

五八年、日本で開催された第九回国際宗教学宗教史会議に参加、「東洋の哲学と西洋の精神分析」という論文を発表。

七二年、三十八年間勤めたセアラ・ロレンス・カレッジを退職、名誉教授となる。

八四年、八十歳を祝してニューヨークとサンフランシスコで「英雄の旅」についてのシンポジウムが開催される。出席者は彫刻家イサム・ノグチ、舞踏家マーサ・グラハム、作家リチャード・アダムズ（『ウォーターシップ・ダウン』の著者）、人類学者バーバラ・マイヤーホフ、考古学者マリヤ・ギンブタスなど。

八五年、ナショナル・アート・クラブで表彰される。ユング派のジェームズ・ヒルマンや映画監督ジョージ・ルーカス、歌手リンダ・ロンシュタットらも出席。スピーチにおいてルーカスは、映画「スター・ウォーズ」はキャンベルの著作を読まなければできなかったと激賞する。

八五〜八六年、ジャーナリストのビル・モイヤーズとの対談「神話の力」が、カリフォルニア州サンラファエルにルーカスが所有するスカイウォーカーランチで行われる。

八六年、キャンベルの著作から創作の刺激を受けたというロックグループのザ・グレイトフル・デッドのメンバーとともに、サンフランシスコで「儀礼と法悦——ディオニュソスからザ・グレイトフル・デッドまで」というセミナーを行う。

八七年、「神話の力」がPBS（公共放送ネットワーク）シリーズとして放映される。同年、ホノルルで八十三歳で死去。

八八年、その業績を記念して、セアラ・ロレンス・カレッジにジョーゼフ・キャンベル比較神話学講座が設けられる。

英雄と英雄神話

キャンベルは、かれの名を一躍高めた著作『千の顔をもつ英雄』の「序文」において、神話とは「真実」が象徴言語によって語られたものだと述べている。神話や宗教は真実を隠す衣であり、仮面であるというのだ。そしてこの「真実」は、精神分析という象徴の文法によって明らかにされるという。

ただし、冒頭からこういう断定的な言い方をするのは、私にはあまり科学的とは思えない。信じるか信じないかというレベルである。つまり、こういう見方を信じたい人々は飛びつくし、そうでない懐疑主義者は最初から拒絶するのではないか。潜在的にこういう見方を信じたがっている人々がどのくらいいるかが、かれが受容される目安になる。そしてアメリカや日本でのかれの人気ぶりを見ると、どうも神話のもつ「真実」を知りたいと願う層は大きいようだ。

では人類に普遍的な神話の「真実」とは何だろう。キャンベルは英雄神話にその鍵があるとしている。その理由をかれは明言していないが、どうも普遍的な無意識に由来する神話の内容は普遍的なパターンとして現れる、と考えるかららしい。

英雄神話は創造神話と並んで数多く見られるが、創造神話が多様なパターンを示すのに対して、英雄神話には共通するパターンが見られるので、英雄神話にこそ普遍的な神話の真実がもっとも明快に示されている、という論法なのであろう。

こうして創造神話を重視するエリアーデと、英雄神話を重視するキャンベルという対照的な構図が見られることになる。しかし対照は見かけだけともいえる。創造神話とは世界の始まりという「出来事」に注目した分類だし、英雄神話とは偉大な行為を行う「主人公」に注目した分類であって、同じ神話が両者によって取り上げられていることがきわめて多いからだ。

キャンベルは、英雄神話に共通するパターンを次のようにまとめる。

英雄は日常世界から危険を冒してまでも、人為の遠くおよばぬ超自然的な領域に赴く。その赴いた領域で超人的な力［fabulous forces］に遭遇し、決定的な勝利を収める。英雄はかれにしたがう者に恩恵を授ける力［power］をえて、この不思議な冒険から帰還する。（『千の顔をもつ英雄』「プロローグ」第三節「英雄と神」）

では、英雄神話の主人公の英雄をキャンベルはどのように捉えているのだろうか。「プロローグ」の中から英雄に関する発言をひろってみよう。

「英雄とは自力で達成される服従（＝自己克服）を完成する人間である」
「英雄とはかれ個人の生活空間と時間を超えて、普遍妥当性をもった人間の規範的なありようをたたかい取るのに成功した男もしくは女である」
「万人の運命を左右する数多くの世界象徴の搬送者」
「非凡な才能の擬人化された表現」

また『神話の力』には、次のような表現も見られる。

「英雄は暗い情念を克服することによって、理不尽な内なる野蛮性を抑制できるという人間の能力を象徴しているんだ」（まえがき）
「英雄とは、自分自身よりも大きな何物かに自分の命を捧げた人間です」
「自我や自己保存を第一に考えるのをやめたとき、私たちは、真に英雄的な意識改革を遂げるのです」
「英雄はなにかのために自分を犠牲にする――これがその倫理性です」（第五章）

このように、「普遍的妥当性をもった人間の規範的ありようをたたかい取るのに成功した」人物が英雄である、というキャンベルの立場からすれば、優れた宗教者も英雄である。だからかれにとっては、ブッダもキリストもムハンマドも英雄なのである。

原質神話（モノミス）

こうした英雄を主人公とし、共通のパターンを備えた神話を、キャンベルは「原質神話」(monomyth）と呼ぶ。この語はジェイムズ・ジョイスの『フィネガンズ・ウェイク』から採られている。序文で「真実は一つである。〔だが〕その真理を賢者たちは多くの名で呼ぶ」というインドのヴェーダ聖典の言葉を引用として掲げるキャンベルにとって、文化や時代ごとに異なる容貌で立ち現れてきても、神話＝真実はつねに一つなのだ。そこで『千の顔をもつ英雄』というタイトルが考えつかれたのだろう。

もっとも、千という数の選択にはより深い意味もあるらしい。キャンベルは『千の顔をもつ英雄』出版の数年後に『アラビアン・ナイト』の抜粋を編纂している。つまり『千一夜物語』である。この両者の題名は無関係ではない。

『千一夜物語』は妻に不貞を働かれたことから女性不信に陥った王が、次々と女性を娶り、翌日には殺すことを繰り返していた、というところから始まる。そして智恵に優れたシャハラザードの番がくるのだが、彼女は自らの命を守るために、千夜にわたって面白い物語を王に聞かせる。そして千一夜目に、彼女は王に対して、自分が王の子を宿したこと、そして物語を語ったのは命を守るためであったと告げる。彼女の物語によって王の心は和んでおり、二人は末永く幸せに暮らした。

千一夜目の告白は、千の物語の背後にある「現実」を明らかにして、王に殺害という「現実」を止めさせる。キャンベルのいう英雄の千の顔とは、多くの人々の命を「救った」千の物語と重なり合う。千一夜目の告白が千の物語の背後にある「現実」を説明するなら、英雄の千の顔の背後には「真実」を解きあかす千一番目の顔があるに違いない。そしてその顔はキャンベル自身のものだろう。

現代の英雄

では、キャンベルは現代における神話の意味をどのように見ているのだろうか。

かれによると、現代社会では神話が衰退し、その結果として意識と無意識を結ぶ回路が切断され、生の意味が分からなくなっている。そして現代の英雄的行為とは精神的有意性をとりもどし、人間的成熟を果たすことにある。世界宗教や無意識から遊離した意識には、こうした変革は期待できない。英雄神話によって、再び意識と無意識の回路を回復し、人生に豊かな意味を見いだすことが英雄的行為であり、それを行うなら誰でもが現代の英雄となるのである。（「エピローグ　神話と社会」第三節「現代の英雄」）

『神の仮面』

キャンベルは『千の顔』から十年の後、ほぼ十年間をかけて『未開神話』『東洋神話』『西洋神話』『創造神話』という『神の仮面』四部作を著している（一九五九―六八）。この大作においてキャンベルは神話を深層の心理学においてだけでなく、人類文化発展史の中にも位置づけようと試みた。その全体像を紹介するのは困難なので、ここでは、現代社会における神話の位置づけを論じている第四巻『創造神話』に限って紹介しておく。

『創造神話』

『創造神話』では十二世紀半ば以降のヨーロッパにおける神話が論じられている。キャンベルはこの時期以降のヨーロッパでは、神話についてまったく新しい事態が生じたとする。したがって、第四巻は第三巻までとは異なる性質をもつことがまず冒頭で述べられる。

人類はいたるところで存在の不思議さと自らを結びつけようとしてきた。そしてその手段として用いられたのは、私が神の「仮面」と呼ぶ想像力の諸形式であった。本書のこれまでの巻では、そうした諸形式の歴史的変遷を検討してきたのだが、未開、東洋、初期西洋世界の神話や儀礼については、単一の壮大な進化図式として論じることができた。まだ若い種である人類の歴史においては、継承された諸形式への大いなる尊敬が革新を抑圧しがちであった。太古からの主題にわずかな変化を加えるだけで長い年月が過ぎてきたのである。しかし最近の私たちの西洋ではそうではない。十二世紀には強大なカトリックの信仰が開花したが、社会分化の動きの加速は信仰に打撃を与え、その没落を促した。こうして十二世紀半ば以降、偉大な個人の一団の創造的力が解き放たれた。（中略）伝統的神話の脈絡では、象徴は社会的に維持された儀式において伝えられる。それによって個人はある種の省察、感情、決意を経験するかあるいは経験したふりをすることを求められる。他方、私が「創造」神話と呼ぶものにおいては、この順序が逆転する。個人は独自の経験――秩序、恐怖、美、あるいは単なる気分の高揚さえ――をもち、サイン（記号）によってそれを伝えようとする。もしかれの発見が深く重要であれば、それを受け取り、それに応答する人々に強制ではなく、自分自身を発見することを可能にする。つまりそれは生きている神話としての価値とフォース（力）をもつのだ。（第一部「古いブドウ」第一章「経験と権威」第一節「創造的象徴化」）

中世以降のヨーロッパでは伝統的神話の束縛が弱まり、その空隙に自由で個性的な創造神話が生まれた。ここでは伝統的神話はむしろ否定的に語られている。宗教の支配から逃れた創造神話をキャンベルは世俗神話（secular myth）とも呼ぶ。それは個人の産物であり、とりもなおさず個人の独自性を評価する（とかれが考えている）ヨーロッパに独自の神話なのだ。

十二、十三世紀の文学から出現した新しい世俗神話の最も本質的な特徴は、その構造をなす主題がドグマ・学問・政治や善についての当時の社会一般の通念などに発するのではなく、個人の経験の表現だということである。これを私はクレド（信仰）と対比するものとしてリビド（情動）と呼びたい。（中略）未開の場合でも、高文化の場合でも、伝統的神話はすでに存在し、経験をコントロールする。しかし私のいう創造神話とは経験の結果であり、表現である。その生み手はあまりに人間的なその作品について神に由来する権威を主張しない。かれらは聖人や祭司ではなく、この世の男女である。そして創造神話の生み手の最初の条件とは、その作品と生涯の双方が経験に由来する確信から導き出されているということである。（第一部第二章「世界の変容」第三節「エロイーズ」）

では、キャンベルはどのような文学作品を創造神話としているだろうか。十二、十三世紀のものとしては、ドイツの叙事詩人ゴットフリート・フォン・シュトラスブルク（一一七〇頃―一二一〇頃）の『トリスタンとイゾルデ』（一二一〇頃）と、同じくドイツの叙事詩人ヴォルフラム・フォン・エッシェンバッハ（一一七〇頃―一二二〇頃）の『パルツィヴァル』（一二〇〇頃―一〇頃）が挙げられている。そして同じ創造神話の系譜は現代にもつづいているとされる。現代における創造神話の代表的生み手としてキャンベルが挙げるのは、トーマス・マン（一八七五―一九五五）とジェイムズ・ジョイス（一八八二―一九四一）である。

このように第四巻になると、第三巻までとは異なる理想が示され、戸惑いをおぼえる。第三巻までの理想は、栽培民・東洋的な平和主義・平等主義であった。しかし第四巻では、むしろヨーロッパの独自性、個人主義が評価されている。それはまたキャンベルのもつある種の英雄主義、悪くいえばエリート主義も反映している。つまり、ごく一部の優れた作者が新しい時代のための神話を創造するが、一般大衆は相変わらず伝統的な宗教や神話にすがっているというのだ（そうでなければ、キャンベルが中世の「愛の神話」や現代の難解な文学作品の本当の意味を説明してみせる必要もないはずである）。

こうして見ると、『創造神話』での英雄主義と『千の顔』での英雄主義は、必ずしも同じではないようだ。

キャンベル神話学の曖昧さ

キャンベルは、現代の神話研究者の中で、おそらくもっとも広汎な人気を獲得している。しかし、その理論が学術的な研究対象となっているかという点では、かれはエリアーデやレヴィ＝ストロースに遠く及ばない。一体原因は何だろうか。その理由は、理論的枠組みの曖昧さと一貫性の欠如だと思われる。

キャンベルは、深層心理学の立場をとる神話学者としての顔の他に、もう一つの顔ももっている。そしてそのことが、かれの神話学を学術的に評価するのを難しくしているのである。

もう一つの顔とは理想主義である。神話とはこうあってほしいという願望が実際の神話には語られていないと思われるものまで読み取らせてしまう傾向があるのだ。また年譜や『神の仮面』での議論を見て分かるように、キャンベルは深層心理学にひかれると同時に、バハオーフェン、アドルフ・バスティアン、シュミット、フロベニウス、オズヴァルト・シュペングラーらの壮大な人類文化史にも相当魅了されている。こうした異なる理論的背景を組み合わせる結果、かれの著作には一貫性が欠けていたり、神話から出発するのではなく、まず理想から出発しているという印象を受ける。

英雄の概念の用法もまた曖昧である。キャンベルはモーセ、ブッダ、キリスト、ムハンマドなど実在の宗教者も英雄と見なす。その結果、宗教と神話のカテゴリーの違いが曖昧になる。しかし他方、偉人や有名人もまた英雄と呼ばれる。『神話の力』第五章を見よう。

モイヤーズ　私たちの社会は、英雄を持っているでしょうか？
キャンベル　持っていました。キリストを。アメリカには、ワシントンやジェファソン、少しあとになるとダニエル・ブーン（一七三四—一八二〇。特にケンタッキーの開発に努力した米国の開拓者）なんかがいましたね。（後略）

（中略）

モイヤーズ　ジョン・レノンが死んだときの大騒ぎをどう思われましたか。彼は英雄だったんでしょうか。
キャンベル　それはもう、まさしく英雄でしたよ。
モイヤーズ　そのことを神話学的な立場から説明していただきたいのですが。
キャンベル　神話的な意味では、ジョン・レノンは改革者でした。（後略）

神話の英雄・宗教改革者・偉人そして有名人を一括して「英雄」として同一存在として扱うならば、それなりの根拠が必要だが、キャンベルはそれを示していない。ジョン・レノンを英雄だというキャンベルの説明は、意味不明なので引用しない。「神話的な意味では改革者」という部分だけでもその曖昧さはうかがえよう。もちろん深層の心理学では形式よりも内容を問題にするし、フロイトの考えでは神話・伝説・昔話は魂の物語として本質的には同一とされるから（『夢について』一九〇一）、宗教者についての伝説を神話と同列に並べることにキャンベルは当然躊躇しない。

神話はまず感じるもの、経験するものとするキャンベルは、厳密さを求める懐疑主義者の疑問に対しては実証的に答える必要を感じないのだろう。繰り返しになるが、結局、キャンベル神話学の評価は、信じるか信じないかという「信仰」のレベルの問題になってしまう。

こうした客観的な検証を否定するような態度は、神話学のみならず精神分析や深層心理の分野においても、学問としての信頼性を失わせる方向に働いて、けっして望ましいことではない。

人気の秘密

こうして見ると、キャンベル神話学は宗教に限りなく近い。無意識とのつながりを失った現代人の魂を神話によって救済しようとするキャンベルは、ある意味では「神話」という「宗教」の教祖や伝道師の相貌さえ帯びている。

対談『神話の力』の第一章「神話と現代の世界」で、キャンベルは、われわれが内面的な価値の重要さを忘れ、生きているという実感のもつ喜びを忘れている、と指摘している。

たしかに思い当たる現代人は少なくないだろう。そしてホスト役のモイヤーズが、「そういう経験はどうしたら得られるでしょうか」と尋ねると、キャンベルは次のように答えるのだ。

「神話を読むことです。神話はあなたに、自己の内面に向かうことができるのだ、と教えてくれます。そのおかげであなたは象徴のメッセージを受け始めるのです。（中略）神話のおかげでようやく、いま生きているという経験と関わることができる。それがどんな経験かを、神話は語ってくれます」

これは自己の内面を充実させるのには確かに楽な方法である。既成宗教のように信者となり、行事に参加し、献金や奉仕活動をし、生きる実感と引き換えに、なにがしかの生活の束縛を受け入れるのでもなく、自由気儘に生きていても、神話を読むだけで魂の救いに到達できるというのだから。

また、TV対談シリーズ「神話の力」でも分かるように、語り手としてキャンベルは卓越した能力を有している。かれは対比の技法を駆使して、神話の意義を明快に説明してくれる。普通の人々が単純で分明な意見にひかれるのは世のつねである。

しかしそこには、学者ならば普通いろいろ限定をつけたくなる問題を単純化して語ってしまうという弊害が生じる。だが、普通人にはどうでもよいと感じられるような厳密な定義や限定に縛られていないことは逆に利点でもある。だからキャンベル神話学は、他の分野での創作意欲への刺激ともなっている。

たとえば、ジョージ・ルーカス監督のSF映画「スター・ウォーズ」（一九七七）では、主人公ルーク・スカイウォーカー（マーク・ハミル）が敵の要塞基地を攻撃するとき、師匠であるオビ＝ワン・ケノービ（アレックス・ギネス）の「力をもて」(Force be with you!) という言葉を聞く場面がある。この「力」(force) の観念はキャンベルに負うものである。

また、「生涯」にも記したように、ザ・グレイトフル・デッドのロック音楽にも刺激となっている。

神話学のディズニー（ランド）

一九五五年夏のディズニーランドの開園式において、ウォルト・ディズニー（一九〇一―六六）は次のような短い式辞を述べた。

この幸せな場所にようこそ。ディズニーランドはあなたの国です。ここは、大人が過去の楽しい日々を再び取り戻し、若者が未来の挑戦に思いを馳せるところ。ディズニーランドはアメリカという国を生んだ理想と夢と、そして厳しい現実をその原点とし、同時にまたそれらのために捧げられる。そして、さらにディズニーランドが世界中の人々にとって、勇気とインスピレーションの源となることを願いつつ。（能登路雅子『ディズニーランドという聖地』―「ディズニーランド誕生」より引用）

能登路によれば、ディズニーは「地上で一番幸せな場所」としてディズニーランドを建設したのであり、「ここにいる間、お客さんには現実の世界を見てほしくない。別の世界にいるのだという実感をもってほしいのだ」と語ったともいう。こうしたディズニーの理想は、キャンベルの理想と重なり合うものだろう。

キャンベルとディズニーはともに青年期に大恐慌を経験した同世代に属する。そして表現手段の違いはあっても、両人ともに高らかに理想や夢を語ってアメリカで大きな人気を博した。ディズニーのみならずキャンベルも、かれの神話学によって読者に「理想と夢」をいだくことのできる「地上で一番幸せな場所」を提供しているといえるかも知れない。あるいはキャンベルが神話に対して行ったことを、ディズニーは昔話に行ったというアナロジーも可能かも知れない。

ディズニーは三七年に最初の長編カラーアニメ映画として「白雪姫」を製作し、その後も「眠れる森の美女」「シンデレラ」など、昔話を素材とした作品を発表した。現代の私たちの昔話のイメージはそれらによって形成されてきたといっても過言ではない。残酷な場面は消し去られ、悪は滅び善が勝利してハッピーエンドを迎えるという、分かりやすく健全で正義を教える昔話をディズニーは作り上げた。

同じことをキャンベルは神話に対して行ったのではないだろうか。猥雑で残酷で荒唐無稽な神話は無視して、あるいはその意味を読み替えて、かれは健全な神話のイメージを作り上げたのではないだろうか。

理想にそってあらゆるものを作り変えていくという、こうした健全化の作業を、二人とも人々のためになると信じて、善意の気持ちから行ったに違いない。しかしそれがまた、個性を抹消してアメリカ流の普遍に作り変えるというアメリカ文化帝国主義の側面を備えているという点でも、キャンベルとディズニーは似通っているのである。

アメリカ人という側面

このようにキャンベルの神話学を考えるうえで有効な鍵になると思われるのは、かれがアメリカ人だという点である。真面目に理想を信じて、それが世界中に広まることで世界がよくなるという、やや楽天的な信念は、アメリカ人の多くが共有するものだが、それはキャンベル神話学にも顔をのぞかせている。

また、独立してから日が浅く、移民を受け入れることによって発展してきたアメリカでは、出自にとらわれず、個人の能力だけで「丸太小屋（log cabin）からの栄達」が可能であるというアメリカンドリームが信じられているし、そうして成功した人物を英雄（ヒーロー）として称賛する気風が根強い。キャンベルが英雄神話を中心に普遍的価値を語ることと、自主独立やセルフヘルプ（自助努力）を尊ぶアメリカ精神の間には明らかな関連がある。

かれの神話学とアメリカの風土の関連をもう少し整理して、箇条書きにしてみよう。

(1)個人主義――キャンベルは神話の中でも英雄神話にとくに関心を示す。伝統にとらわれずに個人が能力を最大限に発揮することで結果として社会全体が発展していくというアメリカ流の個人主義社会では、困難を乗り越える英雄という個人の神話に関心が集まるのも当然であろう。そしてそのことが、神話の大きな部分を占める起源神話をキャンベルがあまり取り上げない理由ともなっている。起源神話は主として社会の神聖性を語るもので、個人主義とは折り合わないのである。この点は起源神話のもつ社会的な意味を強調するエリアーデとは対照的である。

(2)無意識の心理学——無意識の心理学が社会に大きな影響を及ぼしているのは、アメリカに限らない現象だが、アメリカではとくにその傾向が強い。神話を魂の変容の物語として説明し、神話を読むことで読者の魂に変容がもたらされ、真の自己を実現するという、キャンベル流の現実生活にも役立つような「自己実現」の物語（神話？）が、無意識の心理学が広く一般に受け入れられているアメリカでまず流行するのも当然である。

(3)理想主義——第二次大戦は人々に心の傷を残した。キャンベル神話学の西と東の融合や人類の普遍性を強調する立場は、世界の協調の理想や相互理解、平和への願いなどに合致するものだろう。また、民族のるつぼであるアメリカに特有の問題として、人種間の平等の実現という課題もある。そうした現実も、人間の心性は共通だというメッセージを受容しやすくさせるように働く。また、アメリカでは、ベトナム戦争や湾岸戦争でも示されたように、世界平和という理想は共産主義や軍事独裁主義の侵略から自由世界を守る番人であるアメリカの武力によって実現される、と信じられてきている。そうした世界の番人というアメリカのイデオロギーも、そしてさらには自分たちの安全は銃器によって自ら守るというアメリカ人の信念も、キャンベルの英雄神話に合致するものであろう。

(4)「神なき時代」——科学主義の現代では、多くの人々はもはや神を信じることができない。しかしそれでも生活や未来への不安は存在するし、救済への願望も存在する。この場合、反応はいくつかの形を取る。一つはより純粋な信仰に立ち返ろうとするもので、ファンダメンタリズム（原理主義）である。また、キリスト教以外の信仰に向かうこともある。インド系宗教（ハリクリシュナ、ラージニーシ）やアジア系宗教（原理運動）がその例であろう。さらに宇宙に遍在する力と一体化しようとするニューエイジ思想もある。キャンベル神話学は広い意味ではこうしたニューエイジ思想に属するといえるだろう。教会という制度に縛られずとも、神話を読むことが魂の救済になるという分かりやすいメッセージは、現代人にとって魅力的である。

アイルランド系出自

アイルランド系であるキャンベルの最初期の代表作が、アイルランド人ジェイムズ・ジョイスの『フィネガンズ・ウェイク』*Finnegans Wake*（一九三九）の解説書『〈フィネガンズ・ウェイク〉解読の親鍵』（一九四四）であったことは象徴的である。また英雄の例として、ケルトに由来するアーサー王伝説の円卓の騎士ランスロットやパーシヴァルがよく引き合いに出されるのも偶然ではないだろう。

もっとも、ケルト伝承への関心はキャンベルの師匠であるツィマーにも色濃く見られるし、次に記すようにユングもジョイスの作品に普遍的無意識を認めているから、キャンベルのケルトやジョイス作品への関心のすべてをかれのアイルランド系出自に帰すことはできない。

『フィネガンズ・ウェイク』は現在では「二十世紀最大の文学作品」と呼ばれるほど評価され、日本語訳も出されたが、当初はその難解さからあまり評価されなかった。しかしキャンベルは『フィネガンズ・ウェイク』に「現代の神話」としての価値をいちはやく認め、この作品についての最初ともいえる分析を著したのである。ではどこが神話的というのだろうか。作品の粗筋とともに説明してみよう。

主人公はアイルランドの首都ダブリンの居酒屋の主人H・C・エアウッカーである。かれはナポレオン、フィン・マックール、アダム、トム・ソーヤ、トリスタン、スウィフト、ネルソンなどに次々と姿を変えていく。この移行し変容する人物は普遍的な「男」を象徴する。他方、かれの妻である女主人公アナ・リヴィア・プルーラベル（リフィー川）もイゾルデ、イヴと絶えず流動し、溶解して、普遍的な「女」を象徴する。

物語は二十世紀のダブリンの町の一夜の出来事を語るにすぎないが、それは同時に人類の全歴史でもある。

題名のアポストロフィーなしのフィネガンズは「一人のフィネガンの」とも「フィネガンたちの」とも解せる。またウェイク「通夜」は「目覚め」とも解せる。つまり「フィネガン（たち）の通夜（あるいは目覚め）」である。この物語は個人についてでも人類全体についてでもあるし、死についてでも生についてでもあるのだ。

ジョイスはあらゆる言語を用いようとするし（言語による普遍性の獲得）、単語に複数の意味を込めようとする（重層性、多義性）。夢や無意識の世界を円環構造（Finnegan = fin again「再び終わり」）にのせて描写しようとする『フィネガンズ・ウェイク』は死と再生の物語なのである。

こうした重層性・多義性の中の普遍性、その表現としての無意識という『フィネガンズ・ウェイク』の立場は、キャンベルの神話解釈と多くの点で重なり合うものといえよう。だからこそ、キャンベルは世間に先駆けてこの作品に魅了され、評価できたのである。

キャンベルの問題点

西と東の融合という理想世界を語るキャンベルは、ときに預言者的・宗教家的でさえある。かれは神話を通して理想を語り、人々の心を捉える。二十世紀末の人々が聞きたいと願っているメッセージを彼は語るのである。しかし、それは個別神話、個別文化の独自性を消去する結果を生む。だから、かれには本来その神話にない要素さえもそこにあるとして語る傾向がある。たとえば、『エヌマ・エリシュ』に見られる、マルドゥク神による原初的女性存在ティアマトの殺害、そしてその死体の各部からの世界創造について、かれは次のように述べている。

神話は創造された世界における争いが争いではないという趣意を繰り返し飽きずにしめしている。ティアマトは殺さればらばらにされるが、しかしそれによって破滅させられたのではない。この戦いをべつの角度から眺めれば、混沌の怪物（ティアマト）はみずからすすんで微塵と化し、その肉片はそれぞれの収まるべき場所に向っていったと考えられるのだ。マルドクとかれの一族の神々は、かの女の肉体の断片にすぎなかったのだ。これらの被造物の観点からすれば、すべてはさながら強大な腕《かいな》によって、危険と苦痛のただなかでなしとげられたようにみえる。しかし流出する存在の中心からすれば肉はすすんでさしだされ、それを切り刻む手はとどのつまり犠牲者（たるティアマト）自身の意志の代理人にすぎなかったのだ。（『千の顔をもつ英雄』第二部第一章「流出」第五節「一から多へ」）

ティアマトが新しい世界の創造のために自らの意志によってすすんで犠牲者となるという思想は、『エヌマ・エリシュ』自体のものでも、古代アッカド人のものでもない。キャンベルが作り上げたシナリオである。かれはすべての神話は普遍的なモノミス（原質神話）を語っていると――直観的に――信じたため、悪意はなくてもその一つの神話の筋書きしか見ることができない。そしてたとえ悪意はなくても、個別神話の特徴を――そしておそらくはその本質も――抹殺してしまうのである。

おわりに

神話学の変貌

十九世紀の進化論パラダイムは、西洋列強の帝国主義・植民地主義の御用学問として利用された。その結果、近代西洋社会は自らを進化の頂点に位置づけ、それ以外の社会をその段階にいたっていない、より劣ったものと見なした。自分たち以外の「かれら」には、黄色人種・黒人・未開人・野蛮人などさまざまな名称が冠せられた。しかし名称の多様さは表面的なものであり、要は「われわれ（文明化した西洋人）」と「かれら（文明化していない、遅れた進化段階にあるそれ以外の人々）」の二種類の区別が問題であったに過ぎない。

神話→宗教→科学という進化図式も同じ観念の上に形成されている。この時代には、唯一神を信仰するキリスト教がもっとも進化した宗教であり、神話は劣った人間の迷信、つまりは無知蒙昧のシンボルであった。ミュラーもフレイザーもそう考えていた。フレイザーはヨーロッパの農民のもとに神話が生きつづけていると指摘したが、それは農民はまだ十分に文明化していないと見なしていただけである。

神話は過去の歴史的遺物であり、現代の「われわれ」には無縁なものというのが十九世紀の見方であった。この時代を代表するミュラーとフレイザーの神話学説が、いずれも当時最強にして最大規模の植民地を有していた大英帝国で生み出されたことは、象徴的である。

しかし二十世紀になると、二つの要因がこうした潮流を変えた。一つは宗教——ここではキリスト教——の影響力の低下であり、もう一つは諸科学の専門化とその脱イデオロギー化である。

ミュラーにおいて科学と宗教は矛盾しておらず、自然の法則は創造者の意図の現れと理解されていた。しかしフレイザーになると、宗教は科学によって乗り越えられるべきものとされる。宗教が有していた学問を含む俗的活動を規制する力は着実に衰退していく。そして諸科学の専門化によって、すべての領域にまたがる大理論は理想とはされなくなった。

歴史学はヘーゲル歴史哲学やダーウィン生物学を手本に壮大な人類発展史——その頂点が西洋近代——を描くことよりも、実証的で精緻な歴史の変遷の記述に向かっていく。マルクス主義の立場を別とすれば、歴史学は脱イデオロギー化していく。そして進化論と歴史主義をパラダイムとしてきた神話学もまた、変容を迫られることになる。

もちろん、古いパラダイムとしての進化論と歴史主義は、帝国主義の時代にあっては西洋至上主義や植民地主義を正当化するイデオロギーとして用いられつづけたから、その影響は二十世紀にも引き続き存続した。しかしそれは諸科学でも神話学でも主流ではなくなったのである。

二十世紀の神話学のパラダイムの基盤となったのは、無意識を一つの核とする二つの学問、つまりソシュールに端を発する構造言語学とフロイトの精神分析である。構造言語学はスイス生まれのソシュールによって構想され、その後はロシア生まれのヤーコブソンやトゥルベツコイによって推進された。また無意識の心理学は、オーストリア生まれのフロイトによって構想され、スイス生まれのユングによって新しい展開を見た。新しいパラダイムは古いパラダイムとは異なる地域の異なる学問分野から創出されてきたのである。

人類には普遍的な無意識が存在するという新しいパラダイムの見方は、神話理論にも再考を迫った。十九世紀には進化論と歴史主義に則って神話の起源が問題とされ、天上や地上の自然現象が重視され、神話は過去の時代の遺物とされたが、二十世紀のパラダイムにおいては、神話は時代や文化を問わない、人類に普遍的な現象であると考えられ、その起源は人間の脳や心のメカニズムに求められるようになった。そして皮肉なことに、そうした人類にとって必須な神話を軽視する西洋文化は、むしろ精神的に貧困であり、問題を抱えているとまでいわれるようになる。十九世紀型神話学では最高の到達点であった西洋近代は、二十世紀型神話学ではむしろ逸脱した問題児となってしまっている。二十世紀の神話学には西洋近代の在り方を批判する調子が色濃い。

自然・社会・人間

本書で取り上げた六人の神話研究者を見ると、かれらが神話理解の鍵と見なした要素は、自然↓社会↓人間という方向に変化してきているといえそうである。神話の根本にあると想定される要素が、大宇宙から小宇宙へ、あるいは外部から内部へと移行してきているのだ。

ミュラーとフレイザーは自然現象を神話の主たる要因と考えた。しかし、ミュラーが神話の起源を太陽の運行をはじめとする天体・気候現象に求めたのに対して、フレイザーはそれを植物のサイクルという地上の現象に求めているという具合に、より人間に近い方向への接近が認められる。そして、中期以降のデュメジルは社会集団が神話を生み出すという立場をとった。ここでは自然要素は神話を理解するための主要素ではなくなっている。エリアーデにおいては、歴史主義は依然として大きな問題である。しかしそれは神話の意義を見失わせたという批判の対象としてであって、理想は無時間的で不変であり、神話を規範として生きる「古代社会」に置かれている。レヴィ＝ストロースとキャンベルは、神話を人間の無意識の内的メカニズムに基盤をもつとする点で共通する。

六人の中では、レヴィ＝ストロースが構造言語学の影響をもっとも強く受けており、キャンベルが深層心理学の影響をもっとも強く受けている。つまりかれらは二十世紀型神話学の典型といえるだろう。

しかし、構造言語学の立場に近いレヴィ＝ストロースの神話観は理知的・構造的なもので、最終的な源泉を脳に求めるものであり、これに対してキャンベルの神話観は情動的・元型的で、最終的な源泉を魂に求めるという違いがある。だから具体的な神話解釈の水準で見ると二人は真っ向から対立し、互いの著作を無視しているが、学説史の水準で見れば、レヴィ＝ストロースとキャンベルには共通要素も少なくないのである。

たとえば、レヴィ＝ストロースは、『神話論理』第四巻『裸の人』の第七部第二章を「唯一の神話」Le mythe unique と題している。そしてキャンベルは『千の顔をもつ英雄』のあちこちで monomyth（邦訳では「原質神話」）という見方を示している。このように二十世紀型神話学の典型といえるレヴィ＝ストロースとキャンベルが、日本語に訳せばともに「唯一の神話」となる表現を用いているのは興味深い。

レヴィ＝ストロースの場合、「唯一の神話」とは、神話が変化や矛盾を弱める役割をもつという「機能」の面から見た神話の共通性の表現であり、他方、キャンベルにおいては神話は多様であってもいずれも同じ真実を語っているという「内容」から見た共通性の表現である、という違いがある。しかしいずれにせよ、かれらが二人とも神話の中に普遍的な唯一のものを求めていることに変わりはない。そしてエリアーデもまた、ユング心理学への共感が示すように同じ傾向をもっている。レヴィ＝ストロース、キャンベル、エリアーデに見られる神話の共通性を明らかにしたいという願望は、かつて十九世紀にミュラーやフレイザーが夢想したものと内容は異なっているが、基本的態度としては同じであろう。

これまで私は、十九世紀型神話学から二十世紀型神話学への一方向への変化として学説史を描いてきたが、見方を変えるならば、十九〜二十世紀の神話学は、ミュラーの唯一の神話への志向から出発してレヴィ＝ストロースとキャンベルの別の種類の唯一の神話への志向へと、結局はUターン運動をしているともいえそうである。しかし考えてみれば、理論というものは普通は何らかの意味で普遍性を志向するものであり、デュメジルのように限定的であろうとする立場のほうがむしろ例外なのであろう。

なお、天上の自然現象↓地上の自然現象↓人間社会↓人間の内面という神話学の関心の変遷についてのここでの見解と対応するような諸科学全般の関心の推移についての見方が、キャンベルによって示されている。正確に対応するものではないが、全体的な流れとしては重なり合うので引用しておこう。

天上から地上へ（十七世紀天文学から十九世紀生物学へ）いたる西欧諸科学の降下、ならびについには人間自身に向けられた諸科学の集中化（二〇世紀人類学や心理学がこのジャンルに入る）、この両現象は、人間の驚異の的となるものが途方もなく移動した経路を特色づけている。動物界でもなく、植物界でもなく、天体の奇蹟でもなく、人間そのものがいまでは最高の神秘となっているからだ。（『千の顔をもつ英雄』「エピローグ」3）

我と汝

六人の研究者たちはいずれも西洋人である。私にはかれらにとって神話の位置づけとは、とりもなおさず、かれらが属する西洋文化の位置づけでもあったと感じられる。なぜなら、いずれの研究者の場合でも、神話は広い意味での「我（西洋あるいは西洋近代）と汝（それ以外）」との対比の中で論じられているからである。そしてこうした二分法の中で、十九世紀型神話学は西洋近代を賛美し、二十世紀型神話学は批判するのである。

その中で、私が十九世紀型と二十世紀型の分水嶺と考えるデュメジルだけは、西洋近代についてはっきりした評価を示さなかった。かれはインド＝ヨーロッパ語族神話からかつて存在した世界観を推定し、それを他の民族には見られない独自のものと指摘しただけである。もちろんここにもインド＝ヨーロッパ語族／その他の語族という二分法はあるが、価値判断は見られない。しかし独自の世界観の存在を推定するだけに留めるかれの知的禁欲の態度は、皮肉にも、アーリア人至上主義を唱えるフランスの新右翼によって「インド＝ヨーロッパ語族の独自性」という構図だけを都合よく利用されるという結果を招いてしまったのである。

十九世紀型神話学の進化論・歴史主義パラダイムにおいては、神話は西洋近代とは無縁の過去の遺物、あるいは進化史上の過去の段階になお留まる異民族の産物であった。マックス・ミュラーにとって神話は、言語↓神話↓宗教↓哲学という人類進化の一段階であり、フレイザーにとっても呪術↓宗教↓科学という進化のうち、呪術段階や初期宗教段階に属するものであった。これに対し、二十世紀型神話学の無意識・構造パラダイムでは、神話は人類に普遍の属性とされ、西洋近代はその属性を欠いているために問題をもつという批判的な意見が多くなる。神話の普遍性の見地から西洋（近代）のエスノセントリズム（自文化中心主義）を批判するのである。

しかしそうではあっても、「我と汝」という二分法自体に変わりはない。デュメジルの場合のインド＝ヨーロッパ語族世界観／他語族の世界観という対比、レヴィ＝ストロースの場合の構造／歴史、神話的思考／実証的思考、具体の科学／近代科学、野生の思考／科学的思考、冷たい社会／熱い社会という対比、エリアーデの場合の神話／歴史という対比、そしてキャンベルの場合の狩猟民／栽培民、西洋／東洋、父権的／母権的、個人的／集団的という対比を思い出してほしい。もちろん、これらすべてが重なり合うわけではないが、思考の過程が類似していることは興味深い。結局、「我と汝」という二項対立的な関係を想定することが、思索にはもっとも都合がよいのかも知れない。

インドと「インディアン」

その場合、西洋（近代）を批判する傾向の強い二十世紀型神話学においては、「汝」という理想的モデルとして設定するものが特定の地域に集中する傾向がある。その最たる例はインドである。もちろん、理想とされる要素はそれぞれ異なっている。エリアーデの場合には儀礼主義、歴史からの解脱、超越への志向などらしいし、レヴィ＝ストロースの場合には「仏陀のインド、マホメット以前のインド」（『悲しき熱帯』第九部「回帰」40「チャウンを訪ねて」）である。

キャンベルの場合には（ただし『神の仮面』第四巻を除いてだが）、女神の重視、意識と無意識との堅固な関連性などが魅力らしい。また西洋近代に対するアンチテーゼという位置づけではないが、ミュラーにとってもデュメジルにとっても、インドはかれらの神話学説形成の上で主要な対象となっている。これはもちろん、かれらが研究対象としたインド＝ヨーロッパ語族の神話や世界観の古型をインドがよく残しているためである。

レヴィ＝ストロースとキャンベルには、他にも関心の対象の一致が見られる。それは「インディアン」である。もちろん、より関心をもっているのが、レヴィ＝ストロースは南米インディオであり、キャンベルは北米先住民であるという違いはあるし、レヴィ＝ストロースが南米アマゾン流域の諸部族の調査をしたことも、キャンベルが米国に生まれて幼い頃から先住民に興味をもったことも偶然といえる。しかしかれら二人の神話理論形成のなかで「インディアン」が重要な対象となっていることには、偶然以上の意味があると思われる。

神話学は西洋文化の過去を探る形で十九世紀に本格的に始められたが、その姿を映す鏡としての「他者」の対象はミュラーの時代にはインドまで広がっていった。その後フレイザーやエリアーデは対象を世界中の神話に広げたが、それはあくまでも補助的な位置づけであって、かれらの神話理論形成のうえで真に重要であったのは、フレイザーの場合にはヨーロッパとオリエントであり、エリアーデの場合にはインドである。しかしレヴィ＝ストロースとキャンベルにいたると、南北アメリカ大陸先住民はかれらの神話理論形成において必須の対象となっている。レヴィ＝ストロースとキャンベルの「インディアン」への関心の一致は、二十世紀にいたって神話学の眼差しがより遠方の「汝」にまで広がってきたという事実を象徴的に示すものではないだろうか。

原本あとがき

本書は基本的には書き下ろしであるが、一部は以下の旧稿を流用した。
第一章　要旨は、「神話学説史の構想」『宗教研究』三一一（一九九七）二七―二八頁として発表。
第二章　「〈インディー〉・ジョーンズ以前と以後」『現代思想』二三―七（一九九四）一一二―一二二頁。
第三章　「インド＝ヨーロッパ比較神話学の生成――マックス・ミュラーとその時代」。なお要旨はそれ以前に、「宗教学と神話学の生成と展開」『宗教研究』三〇三（一九九五）七一―七二頁として発表。
第六章の『神話論理』の内容紹介の部分は、「クロード・レヴィ＝ストロース『神話の論理』I～Ⅳ」『現代思想』一四―四（一九八六）一一〇―一一五頁。

＊

私が神話研究の森に迷い込んだきっかけは、本書でも取り上げたフランスのジョルジュ・デュメジルのインド＝ヨーロッパ語族比較神話研究に刺激を受けたからである。当然ながら、学説史よりはこの領域を開拓する最新の研究に興味があった。

しかし、そうした私があるときから学説史に興味をもつことになった。それはイタリアの歴史家カルロ・ギンズブルグが、ジョルジュ・デュメジルを「ナチスの思想に共感をもっていた」と決めつけた論文がきっかけである（「ゲルマン神話学とナチズム」）。デュメジルの著作をある程度読み、ギンズブルグが証拠として挙げた一九三九年の著書『ゲルマン人の神話と神々』も読んでいた私は、にわかにはギンズブルグの批判が信じられなかった。ギンズブルグはデュメジルが自分の思想的な過去を隠蔽するために、この著書を図書館から意図的に隠したという趣旨のことまでいっていたが、その隠されたはずの著書をコピーの形ではあっても、日本の一介の駆け出しの研究者に過ぎない私でさえ読んでいたのだから！　なぜこんな勘違いもはなはだしい批判、攻撃をするのか理解できないというのが、私の感想であった。ちょうどその頃（一九八七年）、和光大学で「象徴図像研究会」を主宰されていた前田耕作教授が、このギンズブルグとデュメジルの問題を論じてみようと発議され、研究会のメンバーであった、ギンズブルグの日本への紹介者である竹山博英氏（立命館大学教授）や私を交えて、シンポジウムが開催された（シンポジウム要旨は、松村「神話と政治」。また、「宗教学と政治性」も参照）。

その過程でナチズムへの共感者として、デュメジルばかりでなくカール・グスタフ・ユングやミルチャ・エリアーデの名前も挙げられていることを知った。三人とも神話学には関係の深い人々である。自分が専攻する神話学は政治やイデオロギーと無関係であると思っていた私にとって、こうした点は不可解であると同時に、興味をひかれる課題となった（その後、ギンズブルグとデュメジルの論争は翻訳された。ギンズブルグ、上掲論文、デュメジル「学問と政治」）。

そこで、吉田敦彦先生（学習院大学教授）のお勧めで共著として『神話学とは何か』を書くことになったとき、神話研究の歴史の一章を設けて、自分なりにこの問題を考えてみることにした。そしてその章を書きながら、たしかに神話についての学説がそれぞれの時代の関心や主たる思想に強く影響されながら形成されてきたと納得できた。しかし、そこでは全般的な流れの傾向について指摘するだけに留まらざるをえなかった。限られた頁数の中に古代ギリシアから現代までの神話研究を紹介しようとしたので、個別の研究者については深い考察を加えることは不可能だったのである。

それ以来気になっていた神話研究と時代性の関係、つまり神話学説史の問題を新たに考えてみる機会は一九九四年に訪れた。天理大学での「宗教学研究」と大阪大学での「宗教学」の講義でデュメジル神話学を論じたのである。それによってなぜギンズブルグが「誤っていたにもかかわらず」デュメジルを攻撃したのか、その理由が分かった気がした。そして同時に、問題の核心にはインド＝ヨーロッパ語族にまつわる思想や学問――哲学、歴史言語学、宗教学、そして神話学――全体に及ぶ人種観があることにも気づいた。デュメジル個人についてのギンズブルグの批判は根拠のない不当なものであるが、かれの問題意識自体は十分に検討に値するものだと得心がいったのである。

その結果、同年に筑波大学で行った集中講義では、西洋近代がいだいてきた人種観――いわゆる「アーリア人」と「ユダヤ人」との対比――と進化論図式――西洋とその宗教であるキリスト教を最も進化した段階と見なす――が神話の諸学説にどのように反映しているかをテーマとして、マックス・ミュラーから現在の代表的神話研究者までの学説を批判的に検討してみることを試みた。しかし、十九世紀から二十世紀後半までの名だたる神話研究者の業績を検討するのは大それた試みである。一応の見取り図は以前に『神話学とは何か』で描いたつもりだったが、実際に個別の研究者の理論をその時代的・文化的背景と連動させて説明するためにより詳しく検討しようとすると、一人の研究者についてもある程度の数の著作を読み、またそれぞれの研究者について書かれた研究書、研究論文を読まなければならない。筑波大学での講義の段階では、初期のマックス・ミュラー、フレイザー、それに以前からとくに関心をもっていたデュメジルについては、ある程度納得のいく説明ができたが、レヴィ＝ストロース、エリアーデ、キャンベルらになると、準備不足で表面的な説明に終わってしまった。また限られた時間の中で全体の流れを分明にするために、研究者それぞれの研究のもっとも面白い部分である、具体的な神話の分析例をあまり紹介することができなかった。だから聴講してくれた学生諸君にとってはあまり面白い講義ではなかったろうと思っていた（筑波大ではそれ以前にも一度、集中講義をしたことがあり、その時はギリシア神話の具体的な分析であったので、好評だった。それに比べれば、学説史がおもしろくないのは自分にも明らかだった）。

しかし、それは嬉しい誤算だった。学生諸君からは予想外に好意的な感想が返ってきたのである。正直いって、大変に嬉しかった。かれらの反応がこの神話学説を講義ノートに終わらせず、いつか本としてまとめてみようという気持ちを起こさせてくれたのである。

その後もこのテーマを天理大学での「宗教学研究」の講義で論じてきた。そして最近になってようやく二十世紀後半の研究者たちについてもある程度自信をもって、その位置づけができたと思えるようになった。

そんな折にちょうど、以前から面識のあった角川書店の高取利尚さんから、この講義を出版してはどうかと打診を戴いた。刊行にいたるまで、高取さんとその後編集に加わってくださった藏田美鈴さんには大変にお世話になった。心から感謝申し上げたい。なお題名（原題『神話学講義』）も高取さんの提案によるものである。このそっけない題名がむしろ私には好ましく思われた。無理に論文風にしないほうがかえって内容がストレートに伝わる気がしたのである。それは講義を聞いた学生諸君が「むずかしい」とか「人名ばかりだ」と文句はいいつつも、総じて「でもおもしろかった」といってくれたからである。「おもしろかった」というのが私にとっては最大の賛辞である。「今まで色々な学問の講義を受けてみたが、その関連の本（参考文献など）を読んでみようと一番強く思わされた講義だった」とか、「私が大学にきて聞いた講義の中で二番目に面白い授業でした」と感想を寄せてくれた筑波大学の学生諸君には心から感謝したい。君たちの激励が私を支えてくれたのだから。

＊

神話研究はどうしても必要な学問ではないかも知れない。しかし、この領域は目標としては世界中の神話を対象とするのだから、ある程度の恰好をつけるだけでも、複数の現代語、それにできれば幾つかの古代語を学んでいることが必要となる。また人類学が対象とする地域の神話についても、その文化的背景も含めて知っていることは必要である。それに神話学と重なる部分をもつ宗教学、民族学、民俗学、歴史学、心理学など、他の学問領域にも目配りが必要となる。神話学者であると同時に宗教学者、言語学者、インド学者であったマックス・ミュラーの時代から、神話学は学際的、横断的な学問であった。

そうした意味で、理想の神話学者の姿を示してくださった、現在日本の神話学を代表する二人の先生の薫陶を受けることができたことを幸せに思う。一人はデュメジルの神話学を教えてくださった吉田敦彦先生、そしてもう一人は、神話学の広がりと学説史の意味を教えてくださった大林太良先生（東京大学名誉教授）である。もちろん、お二人の大先生の膨大な業績に遠く及ぶべくもないことはよく承知している。また、はたして私が本書で行おうとした試みを両先生がどう評価してくださるかも分からない。しかしともかく、私としてはお二人の仕事を尊敬し、その精神に学ぼうとしてきたことは事実である。だから、身勝手で迷惑かも知れないが、ここに両先生に対して感謝の気持ちを述べておきたい。

また私事になるが、問題の膨大さにともすればくじけそうになる私の気持ちを明るくしてくれた天理大学の学生諸君と妻の三千緒、息子の健一郎にも感謝の意を表しておきたい。

一九九九年春

三輪山と大和三山をのぞむ奈良にて

松村一男

文献案内

ここには、六人の研究者の著作と、それぞれの研究者についての参考文献を掲げた。一般向けという本書の性格上、六人の著作については、文中で言及したもののみに限って掲げ、また参考文献も邦語のものだけを掲げた。なお、著作、参考文献とも、配置は年代順となっている。

まえがき

吉田敦彦・松村一男『神話学とは何か』有斐閣新書、一九八七
ミルチャ・エリアーデ、久米博訳「神話（19、20世紀における）」『西洋思想大事典』第三巻、平凡社、一九九〇、四〇―五一頁
ハルトムート・ツィンザー、山田仁史訳「神話の諸理論」『現代思想』二四－三（一九九六）、五二―六〇頁

十九世紀型神話学と比較言語学

風間喜代三『言語学の誕生――比較言語学小史』岩波新書、一九七八
レオン・ポリアコフ、アーリア主義研究会訳『アーリア神話――ヨーロッパにおける人種主義と民族主義の源泉』法政大学出版局、一九八五
高津春繁『比較言語学入門』岩波文庫、一九九二
風間喜代三『印欧語の故郷を探る』岩波新書、一九九三
モーリス・オランデール、浜崎設夫訳『エデンの園の言語――アーリア人とセム人：摂理のカップル』法政大学出版局、一九九五

冨澤かな「ウィリアム・ジョーンズのインド学とそのオリエンタリズム」『東京大学宗教学年報』一四（一九九七）、四三―五八頁

マックス・ミュラー

著作

ミュラーには、リグ・ヴェーダのテクスト校訂のほか、東洋の聖典シリーズ *Sacred Books of the East* 五十巻の編纂（一八七九―九四）、そして神話、宗教、哲学に関する膨大な著作がある。

1849-74 : *Rig-Veda-Samhita. The Sacred Hymns of the Brahmans, together with the Commentary of Sayanacharya*, Edited and translated with commentary, 6 vols., London.〔『リグ・ヴェーダ・サンヒター』校訂・翻訳・注釈〕

1856 : "Comparative Mythology", in *Oxford Essays*, London.〔「比較神話学」、『オックスフォード・エッセイズ』。後に『ドイツ人工房の削り屑』第二巻に所収〕

1861-64 : *Lectures on the Science of Language*, 2 vols., London (Revised edition, *The Science of Language*, London, 1891).〔『言語科学講義』〕

1867-75 : *Chips from a German Workshop*, 4 vols., London.〔『ドイツ人工房の削り屑』〕

1. *Essays on the Science of Religion*, 1867.〔『宗教科学についてのエッセイ』〕
2. *Essays on Mythology, Traditions and Customs*, 1867.〔『神話学についてのエッセイ』〕
3. *Essays on Literature, Biography, and Antiquities*, 1870.〔『文学、伝記、古代についてのエッセイ』〕
4. *Essays chiefly on the Science of Language*, 1875.〔『主に言語科学についてのエッセイ』〕

1897 : *Contributions to the Science of Mythology*, London.〔『神話科学への貢献』〕

参考文献
土屋博「直観と教説――F・マックス・ミュラーの教典論」『宗教研究』三〇〇（一九九四）、一―二〇頁
松村一男「インド＝ヨーロッパ比較神話学の生成――マックス・ミュラーとその時代」松原孝俊・松村一男編『比較神話学の展望』青土社、一九九五、二七二―二九〇頁
松村一男「宗教学における鏡としてのインド」『創文』三八六（一九九七）、六―一〇頁

フレイザー

著作

フレイザーは西洋古典学者として出発し、タイラーやスミスらの影響で人類学研究を始めている。またスミスからの影響でヘブライ語を学び、人類学の視点から旧約聖書に見られる風習の分析も行っている。つまり彼は西洋古典研究、人類学、旧約学の三つの領域を同時に研究していたわけだ。彼もミュラーと同様、膨大な著作を残している。なお、『金枝篇』の諸版については本文で述べたので、ここでは初版のみを掲げておく。

1888：“Taboo”, *Encyclopaedia Britannica*, 9th ed., vol. 23, Edinburgh, pp. 15-18.〔「タブー」、『エンサイクロペディア・ブリタニカ』〕
1888：“Totemism”, *Encyclopaedia Britannica*, 9th ed.,vol. 23, Edinburgh, pp. 295-297.〔「トーテミズム」、『エンサイクロペディア・ブリタニカ』〕
1890：*The Golden Bough*, 2 vols., Macmillan.〔『金枝篇』〕
1909：*Psyche's Task*, Macmillan.〔永橋卓介訳『サイキス・タスク（俗信と社会制度）』岩波文庫、一九三九〕

参考文献

エミール・デュルケム、古野清人訳『宗教生活の原初形態』岩波文庫、一九四一―四二
W・R・スミス、永橋卓介訳『セム族の宗教』岩波文庫、一九四一―四三
ギルバァト・マレー、藤田健治訳『ギリシア宗教発展の五段階』岩波文庫、一九四三
ブロニスラフ・マリノフスキー「ジェームズ・ジョージ・フレーザー卿――伝記と評価」姫岡勤・上子武次訳『文化の科学的理論』岩波書店、一九五八、一九三―二四一頁
J・E・ハリソン、佐々木理訳『古代芸術と祭式』筑摩叢書、一九六四
フランシス・コンフォード、廣川洋一訳『宗教から哲学へ　西欧的思索の起源の研究』東海大学出版会、一九六六
石田英一郎『桃太郎の母――ある文化史的研究』講談社文庫、一九七二
丸谷才一『忠臣蔵とは何か』講談社、一九八四（後に講談社文芸文庫、一九八八）
柳田國男『桃太郎の誕生』（柳田國男全集10）ちくま文庫、一九九〇
ジェームズ・フレイザー、内田昭一郎・吉岡晶子訳『図説金枝篇』東京書籍、一九九四
ジェーン・E・ハリソン、船木裕訳『ギリシアの神々　神話学入門』ちくま学芸文庫、一九九四
スタンレー・J・タンバイア、多和田裕司訳『呪術・科学・宗教――人類学における「普遍」と「相対」』思文閣出版、一九九六

デュメジル

著作

デュメジルはインド＝ヨーロッパ語族比較神話学とコーカサス研究の二つの専門領域をもっていた。コーカサス研究は神話学とは直接の関係はないので、ここではインド＝ヨーロッパ語族比較神話

学の分野に限って文中で紹介した著書と論文とを掲載しておく。

1924 : *Le festin d'immortalité*, Paul Geuthner.〔『不死の饗宴』〕

1924 : *Le crime des Lemniennes : Rites et légendes du monde égéen*, Paul Geuthner.〔『レムノス島の女たちの犯罪――エーゲ海世界の儀礼と伝説』〕

1929 : *Le problème des Centaures*, Paul Geuthner.〔『ケンタウロスの問題』〕

1930 : "La préhistoire indo-iranienne des castes", *Journal asiatique* 216, pp. 109-130.〔「カースト制度のインド・イラン的先史」『アジア学雑誌』〕

1934 : *Ouranós-Váruṇa*, Adrien Maisonneuve.〔『ウラノス―ヴァルナ』〕

1935 : *Flamen-Brahman*, Paul Geuthner.〔『フラーメン―ブラフマン』〕

1938 : "La préhistoire des flamines majeurs", *Revue de l'histoire des religions* 118, pp. 188-200.〔「大フラーメンの先史」『宗教学雑誌』〕

1939 : *Mythes et dieux des Germains*, PUF.〔『ゲルマン人の神話と神々』〕

1940 : *Mitra-Varuna, essai sur deux représentations indo-européennes de la souveraineté*, Gallimard.〔『ミトラ―ヴァルナ――インド＝ヨーロッパ語族における主権の二様態』〕

1941 : *Jupiter, Mars, Quirinus, essai sur la conception indo-européenne de la société et sur les origines de Rome*, Gallimard.〔『ユピテル、マルス、クイリヌス――インド＝ヨーロッパ語族における社会の観念とローマの起源』〕

1945 : *Naissance d'Archanges, essai sur la formation de la théologie zoroastrienne*, Gallimard.〔『大天使の誕生――ゾロアスター教神学の形成』〕

1947 : *Tarpeia*, Gallimard.〔『タルペイア』〕

1948 : *Jupiter, Mars, Quirinus IV, explication de textes indiens et latins*, PUF.〔『ユピテル、マル

ス、クイリヌス4――インドとラテンの文献解釈』〕
1950 : *Chaire de civilisation indo-européenne, Leçon inaugurale*, Collège de France.〔『インド＝ヨーロッパ語族文明講座、開講演説』〕
1953 : *La saga de Hadingus*, PUF.〔『ハディングスのサガ』〕
1958 : *L'idéologie tripartie des Indo-Européens*, Latomus.『インド＝ヨーロッパ語族の三区分イデオロギー』〔松村一男訳『神々の構造』国文社、一九八七〕
1959 : *Les dieux des Germains*, PUF.〔松村一男訳『ゲルマン人の神々』国文社、一九九三〕
1966 : *La religion romaine archaïque*, Payot.〔『古ローマの宗教』〕
1968 : *Mythe et épopée, tome I, L'idéologie des trois fonctions dans les épopées des peuples indo-européens*, Gallimard.〔『神話と叙事詩1――インド＝ヨーロッパ語族の叙事詩における三機能イデオロギー』〕
1970 : *Du mythe au roman : La saga de Hadingus (Saxo Grammaticus, I, V-VIII) et autres essais*, PUF.〔『神話から物語へ――ハディングスのサガほか』〕
1971 : *Mythe et épopée, tome II, Types épiques indo-européens : un héros, un sorcier, un roi*, Gallimard.〔『神話と叙事詩2――インド＝ヨーロッパ語族の叙事詩における諸タイプ、英雄、魔術師、王』〕
1973 : *Mythe et épopée, tome III, Histoires romaines*, Gallimard.〔『神話と叙事詩3――ローマの歴史』〕
1982 : *Apollon sonore*, Gallimard.〔『響きわたるアポロン』〕
1983 : *La courtisane et les seigneurs colorés et autres essais*, Gallimard.〔『王妃と四色の王子』〕
1985 : *L'Oubli de l'homme et l'honneur des dieux et autres essais*, Gallimard.〔『人間の忘却と

神々の栄誉』〕

1987：*Entretiens avec Didier Eribon*, Gallimard.〔松村一男訳『デュメジルとの対話——言語・神話・叙事詩』平凡社、一九九三〕

1995：*Le roman des jumeaux et autres essais*, Gallimard.〔『双子の物語』〕

参考文献

クロード・レヴィ＝ストロース、吉田敦彦訳「デュメジルへの讃辞(1)〜(3)」『みすず』二三二（一九七九）、二二一—二八頁、二三四（一九七九）、二〇—二四頁、二三五（一九七九）、四四—五〇頁

C・S・リトルトン、堀美佐子訳『新比較神話学』みすず書房、一九八一

レヴィ＝ストロース

著作

1955：*Tristes tropiques*, Plon.〔川田順造訳『悲しき熱帯』上下、中央公論社、一九七七〕

1958：*Anthropologie structurale*, Plon.〔荒川幾男他訳『構造人類学』みすず書房、一九七二〕

1962：*Le totémisme aujourd'hui*, PUF.〔仲澤紀雄訳『今日のトーテミスム』みすず書房、一九七〇〕

1962：*La pensée sauvage*, Plon.〔大橋保夫訳『野生の思考』みすず書房、一九七六〕

1964：*Mythologiques I : Le cru et le cuit*, Plon.〔『神話論理1——生のものと火を通したもの』。「序曲」の一部は、大橋保夫訳で『みすず』三七〇（一九九一）、三七二（一九九二）に掲載〕

1967：*Mythologiques II : Du miel aux cendres*, Plon.〔『神話論理2——蜜から灰へ』〕

1968：*Mythologiques III : L'origine des manières de table*, Plon.〔『神話論理3——食卓作法の起源』〕

1971：*Mythologiques IV：L'homme nu*, Plon.〔『神話論理4――裸の人』〕
1983：*Le regard éloigné*, Plon.〔三保元訳『はるかなる視線』Ⅰ・Ⅱ、みすず書房、一九八六、八八〕

参考文献

エドマンド・リーチ、吉田禎吾訳『レヴィ＝ストロース』新潮社、一九七一
フェルディナン・ド・ソシュール、小林英夫訳『一般言語学講義』岩波書店、一九七二
ロマーン・ヤーコブソン「言語学と隣接諸科学」川本茂雄監修『一般言語学』みすず書房、一九七三、二二五―二七〇頁
ヴィクター・ターナー、富倉光雄訳『儀礼の過程』思索社、一九七六
吉田敦彦『神話の構造――ミトーレヴィストロジック』朝日出版社、一九七八
アラン・ジェンキンズ、矢島忠夫訳『レヴィ＝ストロース再考――その社会理論の全容』サイエンス社、一九八一
松村一男「現代神話学におけるレヴィ＝ストロース」『現代思想』一三‐四（一九八五）、八〇―九二頁
松村一男「クロード・レヴィ＝ストロース『神話の論理』Ⅰ〜Ⅳ」『現代思想』一四‐四（一九八六）、一一〇―一一五頁
クリフォード・ギアーツ、吉田禎吾他訳『文化の解釈学［Ⅱ］』岩波書店、一九八七、第五部「頭脳の野生――レヴィ＝ストロースの業績について」
吉田敦彦「『神話論』の「終曲」に述べられている、レヴィ＝ストロースの儀礼論」青木保・黒田悦子編『儀礼――文化と形式的行動』東京大学出版会、一九八八、二三六―二五六頁
小田亮「物語に抗する神話と小説――レヴィ＝ストロースの神話論のために」『桃山学院大学人間科

学』二（一九九一）、一一―二〇頁
吉田禎吾他『レヴィ＝ストロース』清水書院、一九九一
嶋田義仁『異次元交換の政治人類学』勁草書房、一九九三
小田亮『構造人類学のフィールド』世界思想社、一九九四
渡辺公三『レヴィ＝ストロース――構造』（現代思想の冒険者たち第二十巻）講談社、一九九六
クリフォード・ギアーツ、森泉弘次訳『文化の読み方／書き方』岩波書店、一九九六、第二章「テクストに内在する世界――『悲しき熱帯』の読み方」

エリアーデ

著作

1949：*Traité d'histoire des religions*, Payot.〔*Patterns in Comparative Religion*, Sheed & Ward, 1958. 久米博訳『太陽と天空神　宗教学概論1』、『豊饒と再生　宗教学概論2』、『聖なる空間と時間　宗教学概論3』、せりか書房（エリアーデ著作集第一～三巻）、一九七四〕
1949：*Le mythe de l'éternel retour : archétypes et répétition*, Gallimard.〔堀一郎訳『永遠回帰の神話』未來社、一九六三〕
1957：*Mythes, rêves et mystères*, Gallimard.〔岡三郎訳『神話と夢想と秘儀』国文社、一九七二〕
1957：*Das Heilige und das Profane, Vom Wesen des Religiösen*, Rowohlt.〔風間敏夫訳『聖と俗――宗教的なるものの本質について』法政大学出版局、一九六九〕
1963：*Aspects du mythe*, Gallimard.〔*Myth and Reality*, Harper & Row, 1963. 中村恭子訳『神話と現実』せりか書房（エリアーデ著作集第七巻）、一九七四〕

参考文献

池上良正「エリアーデの「宇宙的宗教」について――その文化論的有効性の問題」『東北印度学宗教学会論集』四（一九七七）、三一―四八頁
池上良正「エリアーデ宗教論の一考察――その理論的発展に向けて」『基督教文化研究所研究年報』一三（一九八一）、五二―七八頁
荒木美智雄「聖なる時間・空間――宗教における歴史と構造の問題として」『新・岩波講座哲学7 トポス・空間・時間』一九八五、二三七―二六八頁
奥山倫明「逆説と再統合――エリアーデ宗教理論とその背景」『東京大学宗教学年報』八（一九九一）、五五―七三頁
奥山倫明「超越の層位学――『宗教学概論』から『ヨーガ』と『シャーマニズム』まで」『東京大学宗教学年報』一〇（一九九三）、三三―五一頁
奥山倫明「エリアーデ『神学』の行方――宇宙的キリスト教の示唆」『宗教研究』二九七（一九九三）、一―二五頁
奥山倫明「他者の宗教史――エリアーデ宗教学における「共存」の課題」『比較文明』一〇（一九九四）、一一四―一二四頁
奥山倫明「宗教史と始源性――エリアーデ宗教史における狩猟民、牧畜・遊牧民、農耕民」『南山宗教文化研究所研究所報』四（一九九四）、七―一七頁
奥山倫明「歴史的限定と宗教的創造性――エリアーデ宗教史におけるオーストラリア宗教論」『東京大学宗教学年報』一二（一九九五）、二一―三二頁
デイヴィッド・ケイヴ、吉永進一＋奥山倫明訳『エリアーデ宗教学の世界――新しいヒューマニズムへの希望』せりか書房、一九九六

キャンベル

著作

1944：*A Skeleton Key to Finnegans Wake* (with Henry Morton Robinson), Harcourt, Brace & World.〔『〈フィネガンズ・ウェイク〉解読の親鍵』〕
1949：*The Hero with a Thousand Faces*, Pantheon Books.〔平田武靖／浅輪幸夫監訳『千の顔をもつ英雄』上下、人文書院、一九八四〕
1959：*The Masks of God : Vol. I, Primitive Mythology*, Viking Press.〔『神の仮面1　原始神話』〕
1962：*The Masks of God : Vol. II, Oriental Mythology*, Viking Press.〔『神の仮面2　東洋神話』〕
1964：*The Masks of God : Vol. III, Occidental Mythology*, Viking Press.〔山室静訳『神の仮面——西洋神話の構造』上下、青土社、一九八五〕
1968：*The Masks of God* : Vol. IV, Creative Mythology, Viking Press.〔『神の仮面4　創造神話』〕
1988：*The Power of Myth* (with Bill Moyers), Doubleday.〔飛田茂雄訳『神話の力』、早川書房、一九九二〕

参考文献

能登路雅子『ディズニーランドという聖地』岩波新書、一九九〇
高山宏「すべてはエラノスに発す——エラノス会議、そしてボーリンゲン財団」平凡社編『エラノスへの招待——回想と資料』（エラノス叢書別巻）平凡社、一九九五、九八—一一七頁

あとがき

松村一男「神話と政治——ギンズブルグのデュメジル批判をめぐって」『象徴図像研究』一（一九八

七)、六四―七二頁
ジョルジュ・デュメジル、福井憲彦訳「学問と政治――カルロ・ギンズブルグへの返答」『思想』七五四(一九八七)、一八二―一八八頁
カルロ・ギンズブルグ、福井憲彦訳「ゲルマン神話学とナチズム――ジョルジュ・デュメジルの旧著をめぐって」『思想』七五四(一九八七)、一五五―一八一頁
カルロ・ギンズブルグ「ゲルマン神話学とナチズム――ジョルジュ・デュメジルのかつての本について」竹山博英訳『神話・寓意・徴候』せりか書房、一九八八、第六章、二三七―二六〇頁
松村一男「宗教学と政治性――デュメジルのゲルマン宗教研究への批判について」『宗教研究』二九九(一九九四)、七六―七七頁

学術文庫版あとがき――二十年の後に

本書の原本『神話学講義』は一九九九年に出版された。こうして文庫本として新たな姿で復活するのは二十年の後ということになる。神話学はその二十年の間にどのように変化したのだろうか。変わったとも変わらないともいえそうである。

変わったことはいくつかある。一つは新しい大理論の出現である。そうした大理論の一つは動物行動学に基づくもの、もう一つは遺伝子学的人類史とビッグデータの組み合わせによるものである。前者を代表するのはドイツの古典学者ヴァルター・ブルケルト（一九三一―二〇一五）の研究である。彼はギリシア宗教・神話の大家だが、『ギリシャの神話と儀礼』（橋本隆夫訳、リブロポート、一九八五・原著一九七九）や『人はなぜ神を創りだすのか』（松浦俊輔訳、青土社、一九九八・原著一九九六）において、コンラート・ローレンツやイレネウス・アイブル＝アイベスフェルトらの動物行動学研究を参考に、人間の本能的行動が神話や儀礼の背後にあることを指摘した。フランス人でアメリカを本拠とした文芸批評家ルネ・ジラール（一九二三―二〇一五）も『暴力と聖なるもの』（古田幸男訳、法政大学出版局、一九八二・原著一九七二）において、フロイト心理学からヒントを得たミメーシス（模倣）理論に拠りつつ、集団の内部で発生する暴力と殺害を隠蔽しコントロールするために神話と儀礼が生じたと説き、神話や儀礼に潜む無意識的部分が大きいことを指摘した。

遺伝子学的人類史とビッグデータ活用の神話学を代表するのはアメリカのインド学者マイケル・ヴィッツェル（一九四三―）とロシアのアメリカ学者ユーリ・ベリョーツキン（一九四六―）である。遺伝子解析によって現生人類がアフリカから出て全世界に拡散していった過程がかなり正確に復元されている。また神話モチーフの世界規模での分布状況についても膨大なデータの蓄積が可能となっている。これら二つのデータを重ね合わせることで、現生人類がいつごろ、どこで、どのような神話モチーフを持つようになったのかが実証的に証明されることになったのである。彼らの神話学的手法は「世界神話学」と通称されている。その理論については、『世界神話学入門』（後藤明、講談社現代新書、二〇一七）が分かりやすく説明しているので興味を持たれた読者は参照されたい。

二つ目は神話学の国際組織の誕生である。先述のヴィッツェルが中心となって小規模ではあるが国際比較神話学会（International Association for Comparative Mythology, IACM）が二〇〇七年に発足し、毎年、世界各地の大学を開催地として研究成果を報告し、論文集や電子ジャーナルを発行している。

では変わらないことは何か。一つは相変わらずの研究者不足である。理由は簡単で、学問分野として公認されないからである。大学では講座が設置されていない。神話学者としての就職はまず望めない。カバーしなければならない分野が多すぎ、従ってどの分野においても専門家として評価されず、傍流扱いされがちなのである。そうした神話学であるが、いかに魅力的な分野であるかを知ってもらうための一助と本書がなることを願っている。
もう一つ、希望的だが、二十年を経ても変わらないと思うのは本書の価値である。本書では、十九世紀から二十世紀にかけて、神話研究には大きな理論的変化（パラダイムシフト）があり、それは神話学と関連する他の学問領域においても起こったものである、と証明することが狙いであった。それについては大方の賛同が得られたと思う。その意味では本書は時代の流れに耐えたし、だから再刊される意味もあると信じている。

もちろんその一方で、新しい知見を加えた改訂版にしたいという願望もないわけではない。しかし、それには多くのエネルギーが必要であり、今の私は、研究者として残された時間をこれまでの研究のまとめに振り向けたいと希望しているので、この短いあとがきにおいてここ二十年において私が重要と考えるいくつかの新しい研究動向について紹介するにとどめる。

講談社学術図書編集の石川心さんには、本書に目をとめてくださり、学術文庫として出版することを薦めてくださったこと、そして編集においてお世話になったことに対し、篤く御礼申し上げたい。

二〇一八年十一月

松村一男

＊原著に加筆は行っていない。ただ、原著出版後に翻訳が出たものについては、そちらの題名や章名に改めた。ただし、肩書の変更は煩雑になるので行わず、原著のままとした。また、原著刊行後に出版された翻訳や研究書のうち、最低限のものに限って以下に文献案内追加として挙げておく。

文献案内追加

マックス・ミュラー
「比較神話学」、『比較宗教学の誕生―宗教・神話・仏教』国書刊行会、二〇一四所収

フレイザー
『初版　金枝篇』上下、ちくま学芸文庫、二〇〇三
『金枝篇』国書刊行会、二〇〇四〜（全十巻＋別巻予定、現在第七巻まで刊行）

デュメジル
『デュメジル・コレクション』全四巻、ちくま学芸文庫、二〇〇一（第一巻『ミトラ＝ヴァルナ』＋『ユピテル・マルス・クイリヌス』、第二巻『ゲルマン人の神話と神々』＋『セルウィウスとフォルトゥナ』、第三巻『ローマの誕生』＋『大天使の誕生』、第四巻『神話から物語へ』＋『戦士の幸と不幸』）

レヴィ＝ストロース

『神話論理』全五巻、みすず書房、二〇〇六—二〇一〇（第一巻『生のものと火を通したもの』、第二巻『蜜から灰へ』、第三巻『食卓作法の起源』、第四巻『裸の人　一』、第五巻『裸の人　二』）
『パロール・ドネ』講談社選書メチエ、二〇〇九
『大山猫の物語』みすず書房、二〇一六
ドニ・ベルトレ『レヴィ＝ストロース伝』講談社、二〇一一

エリアーデ
『アルカイック宗教論集』国書刊行会、二〇一三
奥山倫明『エリアーデ宗教学の展開』刀水書房、二〇〇〇

キャンベル
『神話の力』ハヤカワ文庫NF、二〇一〇
『千の顔をもつ英雄』上下、ハヤカワ文庫NF、二〇一五

KODANSHA

本書は、一九九九年、角川書店より刊行された
『神話学講義』を改題、文庫化したものです。

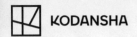

松村一男（まつむら　かずお）

1953年千葉県生まれ。東京大学大学院人文科学研究科博士課程満期退学。専門は神話学・宗教史学。天理大学教授を経て，現在，和光大学名誉教授。著書に『神話思考Ⅰ－Ⅱ』，共著に『図説　ケルトの歴史』，共編著に『世界女神大事典』『神の文化史事典』など。

講談社学術文庫

定価はカバーに表示してあります。

神《しん》話《わ》学《がく》入《にゅう》門《もん》

松《まつ》村《むら》一《かず》男《お》

2019年1月10日　第1刷発行
2024年4月15日　第3刷発行

発行者　森田浩章
発行所　株式会社講談社
東京都文京区音羽 2-12-21 〒112-8001
電話　編集（03）5395-3512
販売（03）5395-5817
業務（03）5395-3615

装　幀　蟹江征治
印　刷　株式会社ＫＰＳプロダクツ
製　本　株式会社国宝社
本文データ制作　講談社デジタル製作

ISBN978-4-06-514523-4

「講談社学術文庫」の刊行に当たって

これは、学術をポケットに入れることをモットーとして生まれた文庫である。学術は少年の心を養い、成年の心を満たす。その学術がポケットにはいる形で、万人のものになることは、生涯教育をうたう現代の理想である。

こうした考え方は、学術を巨大な城のように見る世間の常識に反するかもしれない。また、一部の人たちからは、学術の権威をおとすものと非難されるかもしれない。しかし、それはいずれも学術の新しい在り方を解しないものといわざるをえない。

学術は、まず魔術への挑戦から始まった。やがて、いわゆる常識をつぎつぎに改めていった。学術の権威は、幾百年、幾千年にわたる、苦しい戦いの成果である。こうしてきずきあげられた城が、一見して近づきがたいものにうつるのは、そのためである。しかし、学術の権威を、その形の上だけで判断してはならない。その生成のあとをかえりみれば、その根は常に人々の生活の中にあった。学術が大きな力たりうるのはそのためであって、生活をはなれた学術は、どこにもない。

開かれた社会といわれる現代にとって、これはまったく自明である。生活と学術との間に、もし距離があるとすれば、何をおいてもこれを埋めねばならない。もしこの距離が形の上の迷信からきているとすれば、その迷信をうち破らねばならぬ。

学術文庫は、内外の迷信を打破し、学術のために新しい天地をひらく意図をもって生まれた。文庫という小さい形と、学術という壮大な城とが、完全に両立するためには、なおいくらかの時を必要とするであろう。しかし、学術をポケットにした社会が、人間の生活にとってより豊かな社会であることは、たしかである。そうした社会の実現のために、文庫の世界に新しいジャンルを加えることができれば幸いである。

一九七六年六月

野間省一

文化人類学・民俗学

1085

山折哲雄著

仏教民俗学

日本の仏教と民俗は不即不離の関係にある。日本人の生活習慣や行事、民俗信仰などを考察しながら、民衆に育まれてきた日本仏教の独自性と日本文化の特徴を説く。仏教と民俗の接点に日本人の心を見いだす書。

1104

宮本常一著（解説・神崎宣武）

民俗学の旅

著者の身内に深く刻まれた幼少時の生活体験と故郷の風光、そして柳田國男や渋沢敬三ら優れた師友の回想など生涯にわたり歩きつづけた一民俗学徒の実践的踏査の書。宮本民俗学を育んだ庶民文化探求の旅の記録。

1115

小松和彦著（解説・佐々木宏幹）

憑霊《ひょうれい》信仰論

日本人の心の奥底に潜む神と人と妖怪の宇宙。闇の歴史の中にうごめく妖怪や邪神たち。人間のもつ邪悪な精神領域へ踏みこみ、憑霊という宗教現象の概念と行為の体系を介して民衆の精神構造＝宇宙観を明示する。

1378

吉野裕子著（解説・村上光彦）

蛇　日本の蛇信仰

古代日本人の蛇への強烈な信仰を解き明かす。注連縄・鏡餅・案山子は蛇の象徴物。日本各地の祭祀と伝承に鋭利なメスを入れ、洗練と象徴の中にその跡を隠し永続する蛇信仰の実態を、大胆かつ明晰に論証する。

1545

筑紫申真著（解説・青木周平）

アマテラスの誕生

皇祖神は持統天皇をモデルに創出された！　壬申の乱を契機に登場する伊勢神宮とアマテラス。天皇制の宗教的背景となる両者の生成過程を、民俗学と日本神話研究の成果を用いダイナミックに描き出す意欲作。

1611

池田弥三郎著

性の民俗誌

民俗学的な見地からたどり返す、日本人の性。一夜妻、一時女郎、女のよばい等、全国には特色ある性風俗が伝わってきた。これらを軸とし、民謡や古今の文献に拠りつつ、日本人の性への意識と習俗の伝統を探る。

文化人類学・民俗学

1717
宮本常一著（解説・網野善彦）
日本文化の形成
民俗学の巨人が遺した日本文化の源流探究。生涯の実地調査で民俗学に巨大な足跡を残した著者が、日本文化の源流を探査した遺稿。畑作の起源、海洋民と床住居など、東アジア全体を視野に雄大な構想を掲げる。

1769
野本寛一著（解説・赤坂憲雄）
神と自然の景観論　信仰環境を読む
日本人が神聖感を抱き、神を見出す場所とは？　人々を畏怖させる火山・地震・洪水・暴風、聖性を感じさせる岬・洞窟・淵・滝・湾口島・沖ノ島・磐座などの自然地形。全国各地の聖地の条件と民俗を探る。

1774
石毛直道著
麵の文化史
麵とは何か。その起源は？　伝播の仕方や製造法・調理法は？　彪大な文献を渉猟し、「鉄の胃袋」をもって精力的に繰り広げたアジアにおける広範な実地踏査の成果をもとに綴る、世界初の文化麵類学入門。

1808
西田正規著
人類史のなかの定住革命
「不快なものには近寄らない、危険であれば逃げてゆく」という基本戦略を捨て、定住化・社会化へと方向転換した人類。そのプロセスはどうだったのか。遊動生活から定住への道筋に関し、通説を覆す画期的論考。

1809
五来《ごらい》　重《しげる》著（解説・上別府　茂）
石の宗教
日本人は石に霊魂の存在を認め、独特の石造宗教文化を育んだ。積石、列石、石仏などは、先祖たちの等身大の信心の遺産である。これらの謎を解き、記録に残らない庶民の宗教感情と信仰の歴史を明らかにする。

1820
吉田敦彦著
日本神話の源流
日本文化は「吹溜まりの文化」である。大陸、南方諸島、北方の三方向から日本に移住した民族、伝播した文化がこの精神風土を作り上げた。世界各地の神話と日本神話を比較して、その混淆の過程を探究する。

文化人類学・民俗学

1830
日本妖怪異聞録
小松和彦著
妖怪は山ではなく、人間の心の中に棲息している。滅ぼされた民と神が、鬼になった。酒呑童子、妖狐、天狗、魔王・崇徳上皇、鬼女、大嶽丸、つくも神……。日本文化史の裏で蠢いた魔物たちに託された闇とは？
電

1887
山の神　易・五行と日本の原始蛇信仰
吉野裕子著
蛇と猪。なぜ山の神はふたつの異なる神格を持つのか？　神島の「ゲーターサイ」、熊野・八木山の「笑い祭り」などの祭りや習俗を渉猟し、山の神にこめられた意味と様々な要素が絡み合う日本の精神風土を読み解く。
電P

1957
ケガレ
波平恵美子著
日本人の民間信仰に深く浸透していた「不浄」の観念とは？　死＝黒不浄、出産・月経＝赤不浄、罪や病等、さまざまな民俗事例に現れたケガレ観念の諸相を丹念に追い、信仰行為の背後にあるものを解明する。
電

1985
西太平洋の遠洋航海者　メラネシアのニュー・ギニア諸島における、住民たちの事業と冒険の報告
B・マリノフスキ著／増田義郎訳（解説・中沢新一）
物々交換とはまったく異なる原理でうごく未開社会のクラ交易。それは魔術であり、芸術であり、人生の冒険である。原始経済の意味を問い直し、「贈与する人」の知恵を探求する人類学の記念碑的名著！
電P

2047・2048
図説　金枝篇（上）（下）
J・G・フレーザー著／吉岡晶子訳／M・ダグラス監修／S・マコーマック編集
イタリアのネミ村の「祭司殺し」と「聖なる樹」の謎を解明すべく四十年を費して著された全十三巻のエッセンス。民族学の必読書であり、難解さでも知られるこの書を、二人の人類学者が編集した［図説・簡約版］。

2123
明治洋食事始め　とんかつの誕生
岡田　哲著
明治維新は「料理維新」！　牛鍋、あんパン、ライスカレー、コロッケ、そして、とんかつはいかにして生まれたのか？　日本が欧米の食文化を受容し、「洋食」が成立するまでの近代食卓六〇年の疾風怒濤を活写。
電P

文化人類学・民俗学

2745

女神誕生

処女母神の神話学

松村一男著

旧石器時代の大女神から、アテナやアマテラス、マリアのような、処女であり母でもある至高女神への移行は何を意味するのか。人類に普遍的な社会の原像を見出し、新たな神話の可能性を探る比較宗教学の挑戦！ 電P

2763

日本幻獣図説

湯本豪一著

河童、鬼、天狗、人魚、龍、雷獣、そして予言獣。異界からやってきた〝不可思議な生き物〟は、ある時は恐れられ、ある時は敬われて伝承されてきた。江戸から明治を中心に、奇想天外な幻獣たちの世界に迫る。 電P